U0075814

少年陰陽師

しょうねん　おんみょうじ

少年陰陽師 叁拾陸

朝雪之約

朝の雪と降りつもれ

結城光流—著　涂愫芸—譯

重要人物介紹

藤原彰子

左大臣藤原道長家的大千金，擁有強大靈力。基於某些因素，半永久性地寄住在安倍家。

小怪

昌浩的最好搭檔，長相可愛，嘴巴卻很毒，態度也很高傲，面臨危機時便會展露出神將本色。

安倍昌浩

十四歲的菜鳥陰陽師，父親是安倍吉昌，母親是露樹，最討厭的話是「那個晴明的孫子」。

六合

十二神將之一的木將，個性沉默寡言。

紅蓮

十二神將的火將騰蛇，化身成小怪跟著昌浩。

爺爺(安倍晴明)

大陰陽師。會用離魂術回到二十多歲的模樣。

朱雀

十二神將之一的火將，使的是柔和的火焰。與天一是戀人。

天一

十二神將之一的土將，是絕世美女，朱雀暱稱她「天貴」。

勾陣

十二神將之一的土將，通天力量僅次於紅蓮，也是個兇將。

太陰

十二神將之一的風將，擅使龍捲風，個性和嘴巴都很好強。

玄武

十二神將之一的水將，個性沉著、冷靜，聲音高亢，外型像小孩子。

青龍

十二神將之一的木將，從很久以前就敵視紅蓮。他有另一個名字「宵藍」。

夕霧

效忠神祓眾首領家族的現影，隨侍在小野螢的身旁。

小野螢

播磨神祓眾的陰陽師。晴明之父益材為昌浩決定的未婚妻。

章子

彰子同父異母的姊妹，她做為彰子的替身，成為了中宮。

脩子

皇后定子之女，為內親王，因受天皇的敕命而留在伊勢。

安倍昌親

昌浩的二哥，陰陽寮最活躍的年輕術士，專攻天文道。

安倍成親

昌浩的大哥，陰陽寮的曆博士，有位人稱「竹取公主」的美麗妻子。

宛如幽微虛幻的火光，
滯留在胸口。
——螢火蟲。

1

不要走。

不要走。

至今依然在吶喊。

封閉的心依然在吶喊。

◊　◊　◊

紛飛飄舞的雪，輕輕落在比雪還蒼白的臉上。

冰冷的雪不斷飄落。

落在如紅花般灑遍白雪的血沫上、落在攤平的手臂上、落在微張的嘴唇上、落在虛弱緊閉的眼皮上。

吐血昏倒的螢，躺在以前有水車小屋的河岸，動也不動。

吹起了風。黏稠、沉重、冰冷、連心都會被凍結的風。

那道風捲起漩渦，吞噬了躺在地上的螢，緩緩地、緩緩地，在她四周滋生出黑暗。

滋長的黑暗如雙開的門扉，從中間裂開，無聲無息地蔓延，許許多多披著布的黑影向螢逼近。

那是黃泉的送葬隊伍。

敞開的黑暗冒著瘴氣向四周擴散，就快把螢掩沒了。帶領送葬隊伍的最前排黑影，從布的縫隙間，把枯木般的手伸向了螢。

四周瘴氣瀰漫。螢動也不動。

剎那間，怒吼破風而來。

「不准碰她！」

出現了金色的六芒星，將螢與黑暗隔開。黑暗被照亮、驅散，布被撞擊力扯裂，布的裂縫處露出布滿血絲的眼睛，狠狠瞪著阻礙者。

踢散雪花衝過來的夕霧，擋在送葬隊伍前，結起手印。

「禁！」

瞬間出現了五芒星。夕霧又朝地面畫出了竹籠眼。

金色的五芒星與竹籠眼，各自烙印在空中與地面，交相輝映。

從黑暗噴出來的瘴氣，瞬間被竹籠眼的光芒驅散了。五芒星的光芒把送葬隊伍推回了門內。

吱吱叫聲從黑暗之門漏出來。那是送葬隊伍不甘心、憤怒而發出來的聲音。

夕霧用兩個星星，就完美地保護了自己與螢。披著布的異形們瞪視著他，突然嘻嘻嗤笑起來。

他們搬運的棺木嘎噠嘎噠震動起來。同時，黑暗之門也無聲地關閉了。

送葬隊伍帶來的風吹起漫天飛雪，宛如升騰的霧氣遮蔽了夕霧的視野。

風黏膩膩地撫過肌膚，捲起了漩渦，裡面的嘻嘻嗤笑聲迴盪不散。

笑聲喚來不知吹自何處的黃泉之風，無限擴散，在地面悄悄地、沉重地降落、堆積，哪天恐怕就會像陳年積雪般凝結成塊。

黃泉的禍氣就這樣悄然、著實地，污染了大地、污染了的空氣，也逐漸污染了人們的身體與心靈。

夕霧連拍兩次手。以特殊方式拍擊的拍手，比平常的拍手渾厚響亮。

震響的拍手聲，將沉澱在五芒星與竹籠眼防護牆外的禍氣一掃而空。夕霧從丹田發聲，念誦祭文。

「萬惡之物、災禍之物、妖魔鬼怪速速退散！」

頑強抗拒的禍氣，在夕霧念完驅逐惡靈的祭文後，消失殆盡。

送葬隊伍的成群異形，不像惡靈那麼好對付。等它們全數降落地面，捕抓到螢，光靠這條祭文就解決不了它們了。

「螢！」

夕霧轉身抱起昏倒的螢。

「螢、螢！螢，快張開眼睛！」

螢往後仰的纖細脖子，沒有絲毫動靜。虛弱緊閉的眼皮有點過白，微張的嘴唇被鮮血濡濕，垂落的手指好像想握住什麼。

「螢、螢！螢……！」

不管怎麼拍她的臉頰、怎麼搖晃，她都沒有反應。

嚇得夕霧先摸她的脖子，再把手指放到她嘴上，發現她沒了氣息。

「唔！」

夕霧讓螢更往後仰，用嘴巴把空氣送到她肺裡。她單薄的胸膛開始上下起伏，但還是沒有恢復呼吸。

一次又一次吹氣的夕霧，嚐到血腥的鐵鏽味。他曾發誓這輩子都不會碰觸她，沒想

到竟然在這種狀態下碰觸了她。

「螢，快呼吸！」

忽然，夕霧察覺有東西在螢的體內深處蠕動。

他驚訝地倒抽一口氣。螢的胸口和喉嚨微微動了起來。她露出痛苦的表情，從喉嚨發出微弱的呻吟聲，然後開始悶咳，咳出了鮮血。

夕霧知道，螢痛苦的原因，就是在螢體內蠕動的東西。

咬住嘴唇，緊緊抱著螢纖細肢體的夕霧，在嘴裡念起了咒文。那是將詛咒反彈回去的秘詞。

身為現影的夕霧，可以替螢承受詛咒、法術，使那些失效。他會把躲在螢體內折磨螢的東西的咒力，吸入自己體內，再用咒文消除咒力。

然而，光這麼做也沒用。螢身上的法術，必須施法的術士才能解除。

五芒星與竹籠眼的光芒逐漸消失，因為夕霧把所有力量都用來救螢了。

螢躺在夕霧懷裡，急劇喘息，扭動身體，掙扎著想逃離。忽然，她屏住呼吸，用手摀住嘴，喀喀悶咳，吐出大量的鮮血。

夕霧清楚看到血中混雜著小小的黑點。

灑在白雪上的鮮血中，有幾個比沙粒還小的黑點，藏在紅顏色裡，正要偷偷潛入雪裡。

夕霧連同染紅的雪，一把抓起小黑點，迅速念起神咒，從他手中出現了五芒星。

小黑點被五芒星燒成了灰，瓦解崩落，夕霧依稀聽見了微弱的慘叫聲。

螢掙扎得愈來愈厲害，很快就筋疲力盡了。

「螢?!」

她毫無反應，但呼吸還勉強持續著。

夕霧不敢有片刻的鬆懈，仔細觀察四周。

風變了。瀰漫風中的氣息，性質與黃泉送葬隊伍散發出來的全然不同，伴隨著強烈的壓迫感，火辣辣地扎刺著他的皮膚，讓他全身寒毛直豎。

他的視線不由自主地轉向了以前有水車小屋的地方。

那是小野時守當時倒下的地方。有個幢幢搖曳的身影在那裡降落。

夕霧的心跳怦怦加速。

那個透明的身影，輪廓十分模糊，但夕霧絕對不會認錯人。

「……時守……」

冷酷的臉朝向夕霧。他的黑髮變成透明般的白色，與白髮成對比的漆黑眼睛，不帶半點感情。

這個以時守的外貌出現的東西，散發出來的強烈腐臭味，讓夕霧瞪大眼睛，眼皮跳個不停。

時守的視線慢慢轉向躺在夕霧懷裡的女孩，不帶半點感情的眼眸，燃起了熊熊火焰。

他的白髮倒豎，眼睛斜吊，像鬼一樣齜牙咧嘴，發出不成聲的聲音，變成怨氣沖天的可怕聲響，在周遭迴旋繚繞。

——螢……螢……

火辣辣地扎刺肌膚，宛如要撕裂肌膚的嘶吼，清楚叫喚著螢的名字。

夕霧把螢擁入懷中，躲開時守。襲來的怨氣劃傷了夕霧，似乎被他的阻攔激怒，變得更加犀利了。

「時守……！」

夕霧不由得閉上眼睛大叫：

「夠了，快住手！不要再折磨螢了！」

——把螢……把螢交出來！

「禁！」

在怨氣的怒吼與強烈的意念中，夕霧畫出五芒星，築起環繞他與螢的光的保護牆。

正要發動攻擊的時守，被保護牆阻擋，氣得鬼吼鬼叫。

——把螢、把螢交出來！我不能讓妳活著，螢……！

躺在夕霧懷裡的螢微微顫抖。她應該已經失去了意識，卻嚇得縮起了身體。

夕霧摀住了她的耳朵。

起碼這樣時守的吼叫不會影響她的心靈。

「時守，你連死後都還恨螢嗎？」

全心全意守護著螢的夕霧大叫：

「為什麼這麼恨她？她那麼傾慕你，為什麼你……！」

——螢……！都是妳不好！都是妳……！

◇　◇　◇

時間稍微往後回溯。

神祓眾菅生鄉的秘密村落，有結界守護著。

在最裡面的小屋的木地板間蜷成一團的小怪，覺得左臂的蟲子蠢蠢蠕動起來，驚愕地張大眼睛。

變成全身白毛的怪物模樣，看不見像黑斑的小蟲。小怪又用神氣徹底遮蔽了侵蝕左

臂的蠱的氣息，所以昌浩和螢都沒發現。
唯一知道的勾陣，也是發現它的左手完全不能動才知道的。
半夜了，還沒完全康復的昌浩已經鼾聲大作。
靠著牆壁閉目養神的勾陣，察覺小怪的動靜，張開了眼睛。
「騰蛇。」
聽見輕聲呼喚，小怪悄悄站起來，移到勾陣旁邊。它發覺左前腳完全不能動，只能靠另外三隻腳慢慢移動，真是件辛苦的事。
「怎麼了？」
小怪跳到她肩上，靠近她耳朵說：
「蠱在動。」
勾陣的眼睛閃過厲光。蠱有反應，表示術士就在附近。
小怪用尾巴阻止急著站起來的勾陣，跳到泥地玄關。
「昌浩拜託妳了。」
「騰蛇？」
小怪把白色身體背向勾陣，憂心地說：
「我有不祥的預感。」

它覺得待在這附近，蟲子很可能會危害昌浩。

希望只是自己想太多。但是不管怎麼樣，昌浩遲早還是會察覺這些蟲子的氣息，它不想讓還沒完全康復的昌浩太過勞累。

被蟲子附身，是小怪的失誤、是紅蓮的失誤，它必須自己收拾殘局。

目送小怪溜出小屋的勾陣，聽見昌浩的咳嗽聲，轉向昌浩。

原本平穩的呼吸變得混亂，還夾雜著喘息聲。吸氣時喉嚨發出聲響，變成有痰的重咳。仰躺的昌浩側向一邊，縮起了身體。大概是那樣比較舒服，所以無意識地改成那樣的姿勢。

咳了一會後，喉嚨發出笛子般的咻咻聲，昌浩張開了眼睛。

「……好難過……」

呻吟聲含糊不清。

「昌浩，怎麼了？」

勾陣移到昌浩枕邊，看著他的臉。額頭滿是汗水的昌浩，仰視勾陣，邊摀著嘴巴咳嗽，邊說著些什麼。

「喉嚨……好痛……不能說話……」

斷斷續續說完後，又激烈咳嗽，停不下來。

這時候勾陣才發覺，小屋四周的空氣變得黏稠又沉重。

萬籟俱寂。所有聲音都被積雪吸收了。但是，顫抖般波動的空氣與熟悉的邪氣，從縫隙滲了進來。

撲鼻的腐臭味愈來愈濃烈。空氣窸窣作響，有黑影攪亂積雪，包圍小屋，逐漸逼近他們。

強烈咳嗽的昌浩，在勾陣的攙扶下爬起來。

「怎麼會……這樣……」

這個秘密村落有神祓眾的結界守護。在越過那條河川進入竹林的地方，有道看不見的保護牆，隱藏秘密村落，阻撓入侵者。

神祓眾是陰陽師家族。妖怪可以這麼輕易闖入他們布設的結界，怎麼想都很奇怪。現在包圍現場的東西，應該是某人驅使的疫鬼。連昌浩築起的結界，都可以阻擋那種疫鬼。神祓眾布設的結界又比昌浩強韌好幾倍，卻被入侵了。

昌浩的懷疑很正確，但勾陣無法回答。她也抱著相同的懷疑，只是她有不同的猜測。

假如推翻「神祓眾是自己人」的根本理論，疫鬼就有可能闖入這裡，包圍小屋、包圍昌浩。

咳個不停的昌浩，痛苦得表情扭曲。好像是突然察覺什麼，他環視小屋一圈說：

「小怪呢？」

勾陣看到他不安的眼神，顧不得現場氣氛，苦笑起來。昌浩長高了，身體線條變粗了，聲音也變得稍微低沉了，在這種時候，卻還是會先尋找白色異形的身影。

「騰蛇說他有不祥的預感。」

把昌浩交給勾陣就出去了。

昌浩聽完，點頭表示了解。如果不只自己，連勾陣都不知道它什麼時候不見的，那事情就嚴重了。既然它知會過勾陣，就不用擔心了。

不是小怪不在他就會不安，他是怕小怪突然不見，會讓他想起那時候的事。

昌浩邊咳嗽，邊想著這或許也是一種心靈創傷吧。

風從窗戶縫隙吹進來。感覺邪氣與腐臭味更濃烈了。

這時候，昌浩似乎想到什麼，嘶地倒抽一口氣。勾陣看到他張大眼睛、全身緊繃，也冒出了一身冷汗。

「昌浩，怎麼了？」

昌浩把到嘴邊的咳嗽硬吞下去，用嘶啞的聲音說：

「……這個風……」

他知道。

跟那時候一樣。許許多多的記憶被喚起，轉眼間席捲了腦海。

心跳怦然加速。

這是從地底下吹上來的可怕的黃泉之風。

「……為什麼……」

心臟狂跳。怦怦巨響震耳欲聾。

忽然，將近一個月前看到的步障雲浮現腦中。那是代表送葬行列的兩道雲，夾著月亮往前延伸。

有什麼事在他不知情的狀態下發生了。

這是陰陽師的直覺。無法言喻的不安湧上心頭，捲起了漩渦，連他自己都覺得驚訝。

心臟撲通撲通狂跳。昌浩感覺血氣唰地往下竄，下意識地透過衣服抓住掛在脖子上的香袋和道反的勾玉。

心臟又狂跳起來，這已經不知道是第幾次了。

喉嚨緊縮，呼吸困難。昌浩不由得抓住脖子，闔上眼皮，忽然看到有人用布滿血絲的眼珠子緊盯著自己。

看起來像是個年輕人。但是，那不是人，那是……

「昌浩！」

「唔……」

他已經聽不見叫喊聲，身體搖晃傾斜，就那樣倒下去了。

◇　◇　◇

走出小屋的小怪，覺得外面安靜得出奇，它走向了不遠處的老翁的平房。

道路上的積雪沒有融化的跡象，上空的雲也沉甸甸地低垂著，看來雪還會繼續下。

這個秘密村落群山環繞，風從山上吹下來，寒氣不斷累積，冷得刺骨。

「居然可以在這種地方生活……」

人類無論處在任何環境，都會讓自己適應，存活下來。但是在太過嚴寒的地方，生活一定很困難。

這裡不愧是秘密村落，居住的人不多。小怪猜測，應該是為了修行而開闢的村落，所以只有最低限度的居民。這樣的猜測應該八九不離十。

小怪走到平房，發現沒有人在，皺起了眉頭。

傍晚時，老翁和老婆婆都在。螢還把湯藥端來，那應該是老婆婆熬的。

為了不打擾昌浩和螢的談話，小怪和勾陣暫時離開了小屋。他們認為這個村落有結界保護，不會有危險，除非發生什麼大事。這些日子以來，也證實的確是這樣。

不過，為了謹慎起見，他們還是巡視了村落。當他們看著提早到來的夕陽走回小屋時，雪悄悄下了起來。

從那時候到現在大約過了兩個時辰。在山裡的這座村落，陽光照耀的時間短暫，冬天的夜晚非常漫長。

村裡的人不會在晚上出門。一時之間，它想可能是熟睡了，可是不該連氣息都消失了。

它打從心底發毛，轉過身，用僅剩的三隻腳顛簸前行，繞村落一圈。

人都不見了。不知不覺中，所有村人都消失了。

「怎麼回事？」

原因不明。它只知道出現了異狀。

正想折回小屋時，被更冷、更黏稠、更沉重的風纏住，它停下了腳步。

心臟狂跳起來。它知道這個風。好幾個不願想起的畫面瞬間閃過腦海，強烈撼動了它的心。

小怪用力甩甩頭，橫眉豎目地怒吼：

「為什麼現在還會……！」

而且，為什麼會在這樣的播磨山間吹起這種風？

這是黃泉之風。

「是哪個笨蛋發瘋鑿穿了風穴嗎？」

焦躁謾罵的小怪，轉身走向小屋。

就在這一瞬間，它察覺村外出現了異常的禍氣。

感覺像是妖怪，等級卻又不像。總之就是很強、很重、很可怕的意念。

「到底是什麼？」

小怪眨眨眼，看到無數的黑影爬過雪地逼向自己。

夾雜在風中的邪氣與腐臭味逐漸濃濃地飄出來，包圍了小怪。

釋放異常禍氣的人，在村子外，離這裡稍遠的地方。

小怪腦裡響起警鐘，告訴它這件事非常危險。

正要折回昌浩那裡時，它感覺到一股靈力在禍氣附近爆發了。

「這是……夕霧？」

它還有印象，這是它遇過一次的男人的靈力。

這個男人是神祓眾直系小野螢的現影。聽說他發瘋了，在殺死神祓眾下任首領小野時守後逃走了。小怪推測，螢是失去了代替她承受法術和詛咒的現影，才會變得這麼虛弱。

那個夕霧就在附近。

「螢呢？」

她也跟村人一起消失了嗎？他們究竟跑哪去了？

夕霧的靈力不斷擴大，驅散了可怕的禍氣。難道是他消滅了禍氣的元兇？

可是疫鬼還是包圍著小怪，邪氣與腐臭味也愈來愈強。

就在這時候。

「唔……?!」

小怪屏住呼吸，表情變得扭曲。左臂的蟲子暴動起來了。它們從手臂往上爬，越過手肘，爬向肩膀。大動作往上爬的蟲子的蠕動，像波浪般擴散開來，恍如就要鑽進全身的筋脈與神經。

連皮剝掉，也除不去這些蟲子。連肉一起削掉也沒用。十二神將紅蓮注入了神氣，傷口才好得那麼快，幾乎連傷痕都看不見了。但蟲子還是在那裡，彷彿在嘲笑它。

這些蟲子硬是要把小怪拉到村子外。左前腳完全不聽使喚，逕自往那裡前進。力量強勁到令人驚訝，把小怪的身體和其他三隻腳拖著走。

它們要去夕霧那裡，因為它們是夕霧驅使的蟲子。可是，小怪不懂，為什麼在自己察覺夕霧的靈力時，蟲子沒有馬上動起來？

這些蟲子和疫鬼，應該都是他驅使的吧？

想到這裡時，又有其他人降落在夕霧附近。

氣息、性質與剛才的異常禍氣不同，但邪惡的程度差不多。

這個人悄然出現在不想被拖著走而全力抗拒的小怪面前。

身上纏繞著黃泉之風，在黑暗中出現的是白髮、紅眼的男人。

這個男人平靜地對張大眼睛的小怪說：

「安倍晴明的手下，不，十二神將。」

小怪警戒地瞇起眼睛，心想原來他都知道啊？

「你們果然名不虛傳，很難應付。我起碼要把你從昌浩身旁剷除。」

男人畫起了竹籠眼的圖騰。但出現的竹籠眼不是綻放金色光芒，而是昏暗漆黑的光芒。

黑色竹籠眼捆住小怪全身，左前腳的蟲子與竹籠眼的波動相呼應，窸窸窣窣騷動起來。

「你們是一大阻礙。要是沒有你們，在來這裡之前，我就把事情解決了。」

小怪對語氣平淡、不帶任何感情的男人，發出殺氣騰騰的怒吼。

這個男人就是驅使那個手臂、眼球，還有這些疫鬼與蟲子的白髮術士。

「原來是你？冰知……！」

2

◇

◇

◇

從京城來的使者，在黃昏微暗中，拜訪了齋寮宮中院。

猿鬼和龍鬼都很想知道他來做什麼，在半個時辰前去了中院打探消息。

「啊……」

獨角鬼稍微打開板門，走到外廊，邊伸直背脊邊望向中院。忽然，它眨眨眼睛，仰望天空，轉頭說：

「小姐，妳看，下雪了。」

獨角鬼指的天空，覆蓋著暗灰色的厚雲，白雪從那裡無聲地紛飛飄落。

這是這一帶第一次下雪。這些日子，不管風吹得多冷，連吐出來的氣息都變成白色，也都是雨天。今晚的天空看起來也很奇怪，獨角鬼還以為又會下起冷得凍人的雨，沒想到出乎意料之外，下起了初雪。

它趴躂趴躂衝進屋內，拉扯沮喪地跪坐著的彰子的袖子。

「小姐，妳看，下雪了、下雪了。」

彰子緩緩把頭轉向強裝開朗激勵自己的獨角鬼。

看到彰子慢慢轉過來的臉，獨角鬼倒吸了一口氣，那張臉憔悴得慘不忍睹，令人心痛。

脩子就躺在她前面的床鋪上。

幾天前，齋王收到來自皇上的極機密信函。信中告知，皇上最心愛的女人，也就是內親王脩子與親王敦康的母親皇后定子，在上個月的滿月夜晚，生下孩子就往生了。

信中並交代先不要告訴脩子，沒想到不巧被脩子聽到齋王恭子與命婦之間的談話。

她搖搖晃晃地往外走，差點被偶然出現的黃泉送葬隊伍帶走。

在千鈞一髮之際，太陰和風音趕到，及時把她從送葬隊伍的群鬼手中搶了回來。

但是那之後，脩子一次也沒醒來過。

聽到這件事趕來的晴明，看到脩子，臉色發白。

她的靈魂不在這裡。在這裡的只有她的軀殼，魂魄全都脫離了。

晴明苦惱地說，脩子的心已經死了。

彰子跪坐在脩子枕邊，茫然地聽著晴明的話。

不可思議的是，她哭不出來。但她寧可這樣。她沒有資格哭泣。

「呃……喂，小姐，今天是滿月呢。如果放晴，就可以看到今年第一個滿月了，好

可惜喔。」

獨角鬼拚命找話說，裝得很開朗。彰子用眼睛回應它後，又把視線移回到脩子的臉上。

今天不但會有今年最初的滿月，還下起了冬天到春天之間第一場白雪。

黃泉送葬隊伍出現的那天夜晚，下著冷得像冰的雨。從那天起，好些日子沒有放晴了。

脩子沒有醒來，彰子的心也凍結了。晴明連睡覺時間都用來進行驅魔的法術，同時施行讓脩子的心甦醒過來的靈術。

神將們會不時來探望脩子的狀況，每次都沮喪地回去。聽十二神將玄武說，晴明的樣子很可怕，好像連命都不要了。

聽說是青龍陪在晴明身旁。他不惜動用武力，也想阻止晴明那樣做，但是晴明的氣魄讓他閉上了嘴巴。

風音脫離軀殼，跟鬼進入黃泉與人界之間的狹縫，全力搜尋脩子。六合守在她的軀殼旁邊。有時候，六合也會跟太陰、玄武換班，去保護晴明。不知何時被鑿開的黃泉風穴，隨時可能再吹起風。黃泉的送葬隊伍，現在也還在找可以帶走的祭品。

寒風從沒有完全緊閉的板門吹進來，夾帶著花瓣般淡淡的雪片。

落在彰子的衣服下襬的雪片，很快就融化了。獨角鬼邊用眼角餘光看著雪片融化，邊骨碌骨碌滾到脩子旁邊。

「小公主，下雪了喔。妳不是一直說要玩雪嗎？」

回到京城，就不能在庭院、山裡自由地奔馳玩躲貓貓，也不能撿栗子了。小妖們總是盡全力想遊戲，脩子每次都玩得很開心，笑得跟陽光一樣燦爛。

看到她的笑容，彰子就會想：

對歷經種種苦難的皇后定子來說，脩子的存在一定就像希望的光芒吧？

年幼的脩子，為了治好母親的病，遵從神詔來到了伊勢，完美地完成了使命。她和脩子都相信，定子的病一定會好起來。

「……」

彰子的肩膀微微顫抖。

——媽媽……死了嗎……？

「……唔……」

彰子吸口氣，用雙手摀住嘴巴。獨角鬼看著張大眼睛嘎嗟嘎嗟發抖的彰子，非常擔心，拚命想辦法安慰她。

「小姐、小姐！妳放心，烏鴉和風音正在找小公主，晴明也採取了種種行動，所以一定不會有事，小公主會回來的！」

「我……我也說過這樣的話……」

獨角鬼倒抽了一口氣。彰子瞪大眼睛，用嘶啞顫抖的聲音接著說：

「我說過……皇后殿下……一定會好起來……」

——公主這麼憂心，神一定會答應公主的祈禱。

那是期盼。只是期盼。沒有任何保證。沒有任何依據。

——妳騙我！

最後聽到的悲痛聲音，撕裂了彰子的心，附著在耳裡揮之不去。

獨角鬼只能看著彰子幾乎張裂的眼眸，不知道該說什麼。她說得沒錯，一定不會有事，只是一種期盼、希望，誰也不知道會不會真是那樣。

彰子把手緩緩放下來，擺在膝蓋上。

脩子日益憔悴的臉龐，令人心痛。她的血色絲毫沒有回復。軀體可以這樣保存下來，都是靠風音和晴明全心全意的照顧。

長得像球的小妖，沮喪地垂下頭。它很想幫脩子和彰子做些什麼，無奈自己只是區區一個小妖，完全沒有那種能力。

擔任脩子的侍女，自稱雲居的風音，是道反大神的女兒。據說，道反大神是隔開黃泉與這世間的大磐石，也是個非常有名的天津神，連小妖都知道。

獨角鬼原本以為，只要拜託那個神，就可以阻擋送葬隊伍，不讓它們通過。後來才知道，不是這樣的問題。道反大神阻絕的是從黃泉出來的出口。沒有人知道入口在哪裡。所以一旦出現通往黃泉的道路，那裡就會成為臨時入口。

交互看著脩子與彰子的獨角鬼，注意到彰子的左手腕。

「咦……小姐，妳的手環呢？」

彰子看看自己的左手。露出袖口的手背和手腕，消瘦很多。她很久沒吃東西了。勉強吃也吃不出味道，像在嚼沙子。

「那個手環……在那時候……」

被企圖帶走脩子的黃泉異形攻擊時，那個手環的繩子應聲斷裂了。她想起掉落地上的紅條紋瑪瑙丸玉可以驅魔，立刻撿起來，奮力丟向了異形。

果然有驅魔的效用，打亂了異形們的隊伍，棺木掉下來，被塞進裡面的脩子滾落出來。雖然只爭取到短暫的時間，但也因為這樣，太陰和風音才能趕上。

找到了兩個白色管玉，只有丸玉不知道哪去了。她只能告訴自己，丸玉是成了脩子的替身。

彰子把兩個管玉用布包起來，收在懷裡。她透過衣服，輕壓著管玉，咬住了嘴唇。

昌浩陰陽師給了她驅魔的瑪瑙，並誓言會保護她。

話語是言靈。當他說出那句話時，不知道背負了多麼沉重的包袱。

她以為她都知道，其實什麼都不知道。說話要負責任。

嵬說得沒錯，自己太輕忽言靈了。「不能感情用事」這句話的真正涵義，刺痛著她的心。

脩子蒼白的臉，讓她心如刀割，她緊緊閉上了眼睛。

「我……我該怎麼辦……」

怎麼想也想不出答案。她不像晴明他們有特殊能力，只能這樣陪在脩子旁邊。什麼也不能做，只能看著脩子的臉。

她想至少要道個歉。可是，脩子會接受她的道歉嗎？

自己的確說了謊話。儘管沒有那個意思，但以結果來說，還是撒了謊。即使道了歉，又能怎麼樣呢？想道歉是彰子自己的心情，說不定脩子根本不想要她的道歉。

脩子只希望定子的病痊癒，只想再被定子緊緊擁抱，只想再跟皇上父親、母親、弟弟、前幾天剛出生的二公主，一起過著幸福平靜的生活。

然而，這些都是絕對無法實現的願望。

獨角鬼不知道該說什麼，正不知所措時，聽到與現場氣氛格格不入的同伴的開朗聲音。

「我們回來了。」

是猿鬼和龍鬼從中院回來了。獨角鬼鬆口氣，轉頭說：

「回來了啊？京城有什麼消息？」

想撇開話題，故意這麼問的獨角鬼，看到猿鬼和龍鬼猶豫的表情，就知道事情不好了。

回答的是龍鬼。

「是賀茂齋院派來的人，好像是……」

猿鬼替支支吾吾的同伴繼續說下去：

「好像是京城的皇上，透過賀茂的齋院，通知小公主和晴明，差不多可以回京城了。」

彰子的肩膀強烈顫抖起來。

齋王恭子再三猶豫後，神情憔悴地拿起了筆。

皇上希望脩子可以盡快、盡可能早點回京城。

表面上，脩子是去賀茂的齋院齋戒淨身。所以皇上先派使者去賀茂，再由知道內情的賀茂寮官，把極機密的信函送到伊勢。

回去時，脩子也必須先悄悄進入賀茂，再從那裡出發回到皇宮。

但是現在皇后死了，皇宮還有她容身之處嗎？

定子沒有有力的後盾。定子的哥哥伊周，在被稱為常德之變的事件之後，也喪失了權力。而且，後宮還有個藤壺中宮，她是左大臣的大千金。

皇后留下來的孩子，對中宮來說都是不利的存在吧？

皇后定子是個苦命的女性，而脩子也可說是個苦命的公主。

「齋王……要怎麼跟皇上說呢……？」

命婦膽怯地問，恭子無力地回她說：

「這件事不可能瞞得過去……只能實話實說了……」

◊　◊　◊

有人在某處哭泣。哭得好傷心，哭得好悲哀。

那聲音好熟悉。是小孩子在哭，哭得好淒慘，近似慘叫。

才剛這麼想，聲音就停止了，周遭變得好安靜。

張開眼睛一看，前面是無盡的黑暗。

「咦……」

昌浩嘟囔著，使勁地爬起來。

他用右手摸摸喉嚨。強烈的咳嗽停止了。在身體各處猖獗的成長痛也銷聲匿跡了。由於燒沒全退，還有些微熱，因而侵襲全身的倦怠感，也消失殆盡，身體很久沒有這麼輕盈的感覺了。

「……欸……」

昌浩像一口咬到苦瓜似的，露出緊繃的表情。苦澀的表情與緊繃的表情居然可以同時存在呢！如果小怪在旁邊看著他，一定會這樣大大感嘆，露出絕妙的神情。

他起身環視周遭。

這裡不是現實。很久沒來了。

「是夢殿吧……」

夢殿是夢的世界，周邊景色會隨時改變，說變就變。有時什麼都沒有，有時會有零星散布各處的堅硬岩石。

「等等，現在不是悠悠哉哉睡大覺的時候吧？」

他想起記憶中斷前的事。

小屋被黃泉之風、疫鬼散發出來的邪氣與腐臭味包圍，勾陣進入了備戰狀態。自己因為嚴重咳嗽，沒辦法說話，在闔上的眼皮底下，看到一個陌生年輕人的身影——記憶到此為止。

現在很可能是昏迷，而不是睡著。

「我要趕快醒來……」

被敵人包圍，還要保護失去意識的他，會有點困難。即便勾陣是十二神將中第二強將，一隻手被困住，還是會受到種種限制。

如果小怪回來了，那就還好。

「啊，說不定小怪那裡也出現了疫鬼。不過，紅蓮把它們燒光就行了。」

昌浩並不是說給誰聽，只是自言自語。聽見自己的聲音，他才發覺比以前低沉許多。跟咳嗽咳到啞掉時不一樣，聽起來完全不像自己的聲音。

他邊搓揉喉嚨邊東張西望。如果這裡是夢殿，大有可能見到那個人。

並不是被叫來，才能來夢殿。但是到目前為止，昌浩大多是被叫來的。

漫無目標往前走的昌浩，停下了腳步。

失去意識前見到的年輕人，他從未見過，有著布滿血絲的紅眼睛、白頭髮。如果是那個人把自己拖進了夢殿，那麼……

「難道是什麼陷阱？」

他不由得提高警覺，繃緊全副精神。在夢殿的唯一優勢，就是身體變得很靈活，想怎麼做都行。

螢火般的小光芒，瞬間膨脹擴大。

回神時，他身在某個聚落裡。

「這裡是……？」

疑惑的昌浩向四周張望，聽見從遠處傳來新生兒的哭聲。有人在這裡。

他往新生兒的哭聲走去。沿途有幾間平房，幾乎都熄燈了。

會這麼暗，不是因為夢殿是暗的，而是因為這裡是黑夜。昌浩還是不知道這是哪裡，他深深懷疑，這裡的居民說不定是人類之外的某種東西，但他盡量不去想這件事。

很快就找到了產房。那間小屋的窗戶亮著燈光，傳出洪亮的哭聲。

昌浩從半開的天窗偷看。裡面有產婆、看似母親的女性、看似父親的男性，一個應該是祖父的中年男性，鬆口氣，開心地笑著。

「是個健康的繼承人。」

產婆瞇起眼睛看著嬰兒。嬰兒的家人們也都淚光閃閃，不停地點著頭。

既然是繼承人，應該是男生吧？昌浩這麼想，又疑惑地偏起了頭。

那個看著嬰兒的父親，好像在哪裡見過。不對，不是在哪見過，是長得很像他認識的某人。

昌浩正在記憶裡搜尋時，有人衝進了平房。

「不好了！」臉色發白的男人，對中年男人說：「件……！」

現場所有人的臉都僵硬了。

在不尋常的氣氛中，剛剛出生的嬰兒哭得更大聲了。

往裡面看的昌浩，眨眨眼睛嘀咕著：

「件……？」

瞬間，眼前的光景像泡沫破滅般消失不見，濺開殘餘的磷光。

「咦？」

他驚訝地環視周遭。夜的黑暗、聚落、嬰兒的哭聲，通通不見了。

正疑惑時，又出現新的螢火，他轉移了視線。

跟剛才一樣，螢火膨脹擴大。

這次也是黑夜。非常寒冷。

是跟剛才不同的聚落。不遠處有棟建築物，燃燒著篝火，感覺有很多人。他決定去那裡看看。

邁出步伐的昌浩，目光被附近的小屋吸引。裡面有牛叫聲，應該是牛棚。

他看到一個小孩望著牛棚。

這麼晚了，沒有大人陪，只有他一個人。大約五、六歲，垂髮①、水干服裝扮的男孩，有雙聰慧的眼睛。

「……？」

瞬間，昌浩看到某人的影像與那個男孩重疊了。可是他不知道那個人是誰。

男孩鬼頭鬼腦地東張西望，偷偷溜進了牛棚。這麼晚了，他在這裡做什麼呢？

可能是大人囑咐過不可以進去，所以他想趁晚上背著大人溜進去。

牛平時很溫順，可是萬一抓狂，會變成很可怕的猛獸。就算沒抓狂，太靠近不小心被踩到也會受重傷，搞不好還會沒命。

昌浩有點擔心，繞到入口處的對面。牛棚只有三面牆，其中一面只架著橫木防止牛跑走。

有頭牛蹲踞在不知道為什麼看得很清楚的黑暗中。

那頭牛的前面，站著一頭小牛。

原以為是小牛的昌浩，很快就露出了驚愕的表情。

站在男孩前面的小牛的臉，不是牛的臉，而是有點變形的人臉。那張臉直盯著瞠目結舌、全身凍結般動也不動的男孩。

昌浩全身冒冷汗。那個詭怪的生物是什麼？他好不容易才想起來。

那是名叫「件」的妖怪，有牛的身體、人的臉。

件注視著呆呆佇立的男孩，緩緩開口說：

『剛才出生的嬰兒，將會奪走你的一切。』

昌浩覺得心臟跳得特別快。

男孩看著件，定住不動。

『不但會奪走你的一切，最後還會要你的命。』

件一說完，就搖晃傾斜，咚地倒下來，粉碎瓦解消失了。

男孩注視著剛才件所在的地方，一動也不動。

這時候有人拿著火把走過來。

「……守……少爺……」

心臟撲通狂跳。昌浩咔咔轉動僵硬的脖子，視線前方有個白髮、紅眼睛、年紀看起來比他小一點的少年。

少年在牛棚找到男孩，鬆了一口氣說：

「怎麼跑來這裡呢，拜託不要讓我擔心。」

男孩以機械般的動作轉過身來，默默看著少年。少年的表情十分擔憂，他似乎察覺到什麼，對男孩點個頭，抿嘴一笑。

「放心吧，剛才生下來了。因為不足月，讓大家提心吊膽，不過母親和孩子都平安無事。」

少年在男孩前面蹲下來，笑著說：

「恭喜你，時守少爺，是妹妹。可以實現我們神祓眾誓願的女孩，終於誕生了。」

昌浩一陣愕然。剛才那個少年稱呼男孩什麼？

「對了，時守少爺，你在這種地方做什麼？」

少年用火把照亮牛棚，疑惑地問。被稱為時守的男孩，緩緩開口說：

「我想看看牛……不過，不用了，我們走吧，冰知。」

「是。」被男孩催促的少年回應後，用火把替時守照亮前面的路，離開了牛棚。

昌浩的腳宛如被釘在地上，沒辦法動。

兩人的背影與火把的亮光逐漸遠去。

「啊……」

手伸出去的前方，所有景象瞬間消失，磷光四濺。

回神時，昌浩已經被夢殿的黑暗包圍了。

心臟怦怦鼓動。

在冬天夜晚出生的女孩，是時守的妹妹、是背負著實現神祓眾誓願的命運的嬰兒

——螢。

幾乎在她出生的同時，五歲的時守遇見了件，聽見了可怕的話。

件是一出生就會說出預言，說完便死去的妖怪。

而那個預言，絕對會成真。

小怪的陰陽講座

①垂髮：沒有綁起來，直接披在背後的幼兒髮型。

3

飄浮的磷光，聚集在昌浩周圍，又描繪出了新的情景。

大概是在某山中吧。天空開始轉為橙色，比剛才長大一些的男孩，站在俯瞰急流的堅硬岩石上，注視著河流。

時守五歲時，看起來跟十二神將玄武差不多大，或大一些。

昌浩跟時守站在同一個岩石上，注視著盯著流水的時守的背影。

獨自一人的時守，望著浮現白色泡沫的水面。

昌浩很想知道，聽過件的預言後，這個男孩是以怎麼樣的心情活著？

出生的嬰兒會奪走時守的一切。他知不知道這句話的意思呢？或是在這幾年，已經忘了那件事？

昌浩也是過來人，他知道小孩子只會記得印象強烈的事，其他事很快就忘了。有時他自以為記得，跟哥哥的記憶核對，才發現跟哥哥的記憶完全不同，這種狀況多不勝數。

這時候他們就會向十二神將確認，結果通常是兩邊都有錯。

大哥成親會搔著頭說，人類的記憶真是不可靠呢。

昌浩也是同樣的感覺，所以有重大事件時，會盡可能簡單地寫下來，做成書面紀錄。自己五歲時的記憶都模糊不清了，所以時守可能也是這樣。

忽然，時守抬起了頭。

昌浩聽見體重很輕的腳步聲。他回頭看，是個大約五歲的女孩，直直奔向了這裡。

「螢……？」

他低聲嘟囔，目不轉睛地看著女孩。年紀看起來比太陰小一點，有雙令人印象深刻的大眼睛，皮膚白得幾乎透明，長髮稍微超過背部中間，完全就是小女孩的模樣，但她絕對是螢。

「哥哥——！」

時守回頭看著往他跑來的螢。昌浩看到他的臉，一陣心驚。時守的眼眸十分陰暗，一點都不像那個年紀的孩子。

但是他很快就露出了笑容。

「怎麼了？螢。」

抓住想爬上岩石的螢的手，把她拉上來的背影，像個溫柔的大哥哥。螢被時守抱上來時，好像很開心，直接勾住哥哥的脖子，笑了起來。

「冰知說快要黃昏了，叫我來接哥哥回去，所以我來啦。」

冰知知道，螢很傾慕不能常見面的哥哥，所以有時候會刻意讓他們兄妹兩人獨處。

「哦……冰知呢？」

時守往螢跑來的方向望去。被放到岩石上的螢，也跟時守一樣往後看。

昌浩推測，神祓眾居住的菅生鄉，應該是在那個方向吧。那裡跟秘密村落不一樣，是位於赤穗郡的鄉里，首領家族、現影家族與其他神祓眾都住在那裡。昌浩以前聽螢說過，很靠近海。

從吉野去播磨途中，昌浩還聽說菅生鄉在山與海之間，附近有急流。因為昌浩想知道菅生鄉的事，所以螢說得很詳細。

她不只告訴昌浩這些事，還說了很多昌浩不知道的知識，譬如法術、神咒、祭文等等。相對的，昌浩也把自己經歷過的種種戰役、妖怪，說給螢聽，螢也聽得津津有味。

啊，對了，螢。

昌浩定睛注視著大約五歲的螢。她皮膚雖白，看起來卻很機靈、充滿活力。不像十四歲的她。不對，已經過完年，她跟自己同樣十五歲了。總之，完全不像現在的她，看起來那麼脆弱虛幻。

「哥哥，你在做什麼？」

「我在看河流。有時會有魚跳起來，我想抓給父親。」

「魚？」

眼睛閃閃發亮的螢，蹲在岩石邊緣，把身體探出岩石外，看著急流。

「太前面很危險喔。」

「沒關係。」

時守擔心她，不知道害怕的她卻毫不在乎。

站在她背後的時守伸出了手。

昌浩以為他是怕螢危險，想從後面撐住她。

男孩的手卻不是伸向螢的手臂，而是背部。昌浩倒抽一口氣，看到時守的側面陰沉晦暗。

「住手……！」

昌浩大叫時，樹叢發出嘎吵聲，時守趕緊把手縮回去。

「螢、時守。」

出現的是夕霧。可能十歲，或更大一些。比現在的昌浩小幾歲的模樣，說他還是個小孩子也不為過。長度不到肩膀的白髮，長短不齊又凌亂，很像戰鬥時的紅蓮。

跳上岩石的夕霧，很快抱起蹲在邊緣的螢，把她放到安全的地方。

「螢，危險。」

「放心啦，有哥哥在。」

螢鼓起了腮幫子，夕霧握起拳頭，在她頭上輕輕敲了一下。現影雖然效忠首領家族，但好像不是絕對服從。

昌浩這麼想，但又搖了搖頭。啊，不對，時守的現影冰知，在面對時守或螢時，態度、措詞都謹守侍從的分際。

雖然都是現影，但每個人的表現不盡相同，十二神將也是這樣。

昌浩想起對祖父這個主人說話時，口氣十分傲慢的青龍，不禁淡淡一笑。

「冰知不是叫妳來接時守回去嗎？妳怎麼跟他玩起來了？」

「我們不是在玩，我們是想抓魚回去給父親，對吧？哥哥。」

聽到妹妹這句話，時守的臉瞬間緊繃起來，但很快就笑著點點頭說：

「對啊，可是我正在想，水流太急了，可能有點困難。萬一掉下去，被水沖走就沒救了……」

的確如他所說。冒著白色泡沫的水面轟隆作響，撞上岩石，濺起水花。

沒錯，時守都知道，剛才卻……

昌浩心裡發毛。剛才時守是想從背後把螢推下去吧？螢年紀還小、個子也小，不用多大力氣就可以把她推下去。以十多歲的男孩的臂力來說，是輕而易舉的事。

「回去吧。」

時守催促他們兩人，自己先往前走。螢要跟在他後面走，夕霧抓住她的肩膀，把她拉住了。

「夕霧？……會痛耶。」

看到夕霧瞪著時守的背影，臉色發白，螢不安地偏起了頭。夕霧猛然回過神來，強擠出僵硬的笑容。

「啊……對不起，我們走吧，螢。」

還帶著些許稚氣的男孩，緊緊握住了螢的小手。

昌浩只能看著他們。這是夢殿讓他作的夢。

夢既是夢，也不是夢。既是現實，也不是現實。是夢，也是現實，飄浮在渺茫的黑暗中，時而如螢火般燃燒，在火中映出彼方的情境。

就在夕霧與螢跳下岩石的同時，磷光四濺，消失了。

昌浩的背脊冷汗直流。

螢火從四方慢慢飄過來。聚集的光芒大大膨脹起來，又把昌浩帶進了另一個情境中。

昌浩聽見某人說話的聲音。

——下任首領應該是螢，不是時守……

啊，昌浩記得這件事，螢跟他說過。因為螢的力量太過強大，而且有勝任首領的器量，將來還會生下天狐之血的孩子，所以有人提議是不是該由她繼承首領的位子。

那裡是鄉里附近的河岸。昌浩同樣是在時守企圖把螢推下去的那塊岩石上，只是看到的情景不同。

要求立螢為下任首領的聲浪愈來愈高漲。螢本身堅決反對，一再表明自己的修行是為了哥哥。時守默默聽著她說的話。

哥哥、哥哥，大家都胡說八道。哥哥才是下任首領。我只想成為哥哥的左右手，幫哥哥做沒辦法自己去做的事，可是大家卻……卻……

聽見她這麼說，時守的眼睛霎時變得黯淡。

可是他沉靜地、溫柔地回她說：

「放心吧，螢，我不會讓妳背負首領的重任。」

螢鬆口氣，露出笑容。時守向她提議說：「今天太晚了，先住在這裡，明天再回去。」螢就欣然答應了。

這對兄妹平常是各自生活。時守是下任首領，所以住在主宅，螢住在別宅。

風瑟瑟吹著，竹子沙沙作響，很像相互撞擊的波浪聲。

半夜，螢熄燈熟睡後，時守悄悄溜進了她的房間。因為這裡是主宅，她完全沒有戒

心，沒發覺有人潛入，還是睡得很熟。

時守用陰沉的眼神看著螢。

昌浩腦中響起了警鐘。眼前的光景，對昌浩來說是夢境，什麼也不能做。

時守騎坐在螢的身上，把手伸向她細瘦的脖子，用力勒住。手指嵌入了白皙的喉嚨皮膚裡。

呼吸受到阻礙的螢醒過來，在黑暗中看到有人要勒死自己。她滿臉驚訝地注視著那個人，蠕動嘴巴說：「哥哥，為什麼？」

昌浩忍不住大叫：「住手！」

這是夢。對昌浩來說，是絕對不能扭轉、不能改變、反映現實的夢。這些昌浩都知道，卻還是忍不住要大叫。

「住手！」

有個身影跟昌浩一樣大叫，衝進了房間。螢蠕動著嘴巴說：「夕霧。」

時守被夕霧推開，露出從夢中醒來般的表情。被放開的螢，強烈咳嗽，緊緊抓住夕霧就昏過去了。被抱著螢的夕霧狠狠瞪視的時守，肩膀微微顫抖，但很快就哈哈大笑起來。

「抱歉……玩笑開太大了。」

「這種玩笑太惡劣了。」

「說的也是……我不會再這麼做了。」

時守笑著這麼說，眼神黯淡。夕霧淡淡回應，但視線狠狠射穿了他。兩人都心知肚明，這絕不是玩笑。

隔天醒來，螢不記得半夜發生的事。只對夕霧說，作了很討厭的夢。

夕霧回她說：「是嗎？」沒告訴她發生了什麼事。

螢多麼傾慕時守，夕霧非常清楚。因為知道螢打從心底傾慕這個哥哥，所以夕霧沒辦法告訴她時守心中的陰鬱。

既然什麼都不能說，夕霧只能好好保護她，不讓時守傷害她。

時守的那種眼神，連他的現影冰知都不知道。只有螢的現影夕霧知道，但不能告訴任何人。即使大聲告訴大家，時守要傷害螢，又有誰會相信呢？恐怕只會一笑置之，或是對夕霧投以異樣的眼光。

除了夕霧以外，大家眼中的時守，是個擁有強勁靈力、完成嚴厲修行、認真學習法術，器量足以勝任下屆首領的少年，而且穩重、溫柔、疼愛妹妹。

夕霧與時守之間的關係，日益惡化。夕霧知道，時守是刻意製造這樣的氛圍。

但夕霧不在乎，不管大家怎麼說他，螢看著他的眼神還是一樣坦然。不管大家怎麼想，螢都相信他。只要這樣，他就滿足了。

螢注定將來要與安倍家的人，生下具有天狐之血的孩子。

——只要妳幸福就行了。

所有景象，從看得茫茫然的昌浩眼前倏地消失了。

然後又有磷光聚集，映出新的情景。

四周明亮。是白天。時守站在菅生鄉附近的岩石上。

一個女孩走過來。稱不上是絕世美女，但是個長相清秀的漂亮女孩。

時守把手伸向她時，眼神非常柔和。

昌浩見過那樣的眼神。就是朱雀看著天一時那種眼神。

啊，她應該是時守的心靈支柱吧？昌浩這麼想。就跟自己心中的「她」是同樣的存在。

眼前的情景，比之前的任何一個情景都溫馨、明亮，洋溢著溫柔的光芒。

忽然，景色變了。

是夜晚的竹林。

昌浩記得這個地方，是秘密村落附近的河岸。

遠處有間水車小屋。已經成長為青年的時守，在河岸附近。

水流和緩。看著水面的時守，表情看起來也很平靜。

河岸的落葉樹木稍微變了顏色。還沒完全上色的樹木，顯示秋天來了。

秋天的夜晚。

昌浩的心臟跳得很不尋常。

螢是怎麼說的？她說慘劇是什麼時候發生的？她說夕霧發瘋，殺死時守和她，是什麼時候？

很少來秘密村落的時守，最後一次是什麼時候來到了秘密村落？還有那間水車小屋，在昌浩來到這裡時，應該已經不存在了。

那麼，這情景是……？

心臟撲通撲通狂跳。

——我所知道的事，就只有這樣。

那件事螢不知道，只有當事者知道。究竟發生了什麼事？

可是這裡是夢殿。在這裡，現實會成為夢境。

不會吧？

昌浩心頭一驚，趕緊跑向時守。

在這裡，他什麼也不能做，但他還是忍不住想趕過去。

「為什麼讓我看見這些……！」

只能眼睜睜看著。令人焦躁、令人懊惱。

跑到水車小屋附近的昌浩，看到時守的眼神，猛然屏住了氣息。

上次看到他流露出這麼柔和的眼神，是他跟那個女孩在一起的時候。

時守仰頭望著天空。

「螢的對象啊……是怎麼樣的人呢？」

他自言自語，低聲笑起來。眼中絲毫沒有之前的陰鬱。

螢說過，時守曾笑著說要去替她鑑定她未來的夫婿。

仰望著天空的時守，瞇起眼睛喃喃自語：

「那一定是惡夢……我卻為那種惡夢，煎熬了這麼久。」

聽起來像是時守在自我安慰。

或許他真的很痛苦吧。

時守五歲時，在螢出生的那天晚上，聽見了件的預言。昌浩現在才知道，是那個預言束縛了他的心，長久折磨著他。

「對不起，螢，可是沒事了，以後我會保護大家。」

傾吐完不能告訴任何人的心情後，時守呼地嘆了口氣，環視周遭。

「夕霧怎麼還不來呢？」

喃喃嘀咕後，他自嘲似地垂下了視線。

「也難怪啦……我讓他經歷過很多不愉快的事。他真的很愛護螢呢……」

時守早已察覺，夕霧對螢的感情，遠遠超過了現影的身分。而螢對他也是相同的感情。

與安倍家生下孩子，是螢與生俱來的義務。時守這次去京城，就是為了把螢將來的丈夫，也就是安倍家的昌浩帶回播磨。

時守望著河面。不可思議的是，昌浩清楚知道他在想什麼。

與安倍家之間的孩子，只要生一個就夠了。即使不結婚，也算完成了約定。

夕霧是現影，不能成為螢的丈夫。

可是，他一定可以成為擁有天狐之血的孩子的父親。那是螢的孩子，只要是螢親生的孩子，他就會當成自己的孩子撫養長大。他就是這樣的男人。

為了保護螢，他甚至不惜對身為神祓眾下任首領的時守，抱持露骨的敵意。再也不會有人比他更愛護螢、更愛護時守心愛的妹妹了。

時守微微溼了眼眶。

「啊……我……」

剛才他的確想到螢是他心愛的妹妹，由衷地打從心底這麼想。

是「她」拯救了時守的心。

「…………」

昌浩知道時守思慕的「她」，就是那個女孩。就是在比夢殿中的任何夢境都要溫馨、明亮的光芒中，跟時守在一起的那個美少女。

在沒有風的黑暗中，響起了撥開竹子的聲音。

「是夕霧吧？」

回頭看的時守，驚愕地僵住了。

心臟怦怦狂跳。

昌浩循著時守的視線轉過頭看。

他看見用冰冷的眼神注視著時守的件。

◇　◇　◇

今晚是滿月。

過完年，春天來了，風卻還是跟冬天一樣冷。風中飽含冷氣，讓人冷得刺骨、冷得凍入骨髓。

安倍成親穿著一身白狩衣，蹣跚地走在這樣的風中。

同樣穿著白狩衣的昌親，跟在他後面。

他們在十多年後，再次踏入安倍家土地內生人勿近的森林。

跟著昌親的天一，憂心地看著走在前面的成親。

「昌親大人，現在阻止成親大人還來得及……」

昌親搖搖頭，回應善良的十二神將。

「可能的話，我也想阻止他。可是，他應該不會聽我的話，而且……」

欲言又止的昌親，強忍著悲痛，抖動著眼皮說：

「我想哥哥本身……也快撐到極限了。」

走在他前面的成親，沒有戴烏紗帽，解開髮髻，把頭髮綁在後面。模樣與使用離魂術讓魂魄脫離軀殼時的晴明，及夜巡時的昌浩一樣。昌親也是，沒有戴烏紗帽，頭髮直直披在背後，穿著白狩衣、白狩褲。這是孩童的裝扮，自從元服儀式後，他們就沒有這樣打扮過了。

晴明與成親長得並不像。可是打扮成這樣，醞釀出來的氛圍跟年輕時候的晴明十分相似，讓神將們都覺得他果然是晴明的孫子。

不靠任何人攙扶，逕自往前走的成親，氣勢逼人。全身散發著銳氣，恍如碰到他就會被割傷。

成親判斷，深入他體內，幾乎與他半融合的疫鬼，應該是類似詛咒的東西。

一度差點沒命的成親，生還後，靈力有了飛躍性的成長。這是用生命換來的危險力量。

當他用絕不讓家人看見的陰陽師面貌，決定這麼做時，天一就在他旁邊。

——不回禮怎麼行呢。

今晚是滿月。

安倍成親將借用朗朗照亮地面的月神的咒力，以及流過安倍家地底深處的地脈力量，把施加在自己身上的疫鬼形態的詛咒反彈回去，報復把自己和家人逼入絕境的敵人。

神將們和昌親都知道，這是個賭注。

成親的靈力大幅增長。但是，他們不清楚敵人的咒力有多強大，很可能還是凌駕於成親之上。

其實，他們都覺得這個可能性比較大，只是沒有人說出來。

然而成親還是採取了行動。

過了今天，月亮會逐漸缺損，月神的力量也會減弱。地脈的波動不會有改變，但是時間拖得愈長，成親的體力也消耗得更嚴重。

剛才，小野螢用來鎮壓疫鬼的力量急遽減弱，疫鬼的邪氣隨著減弱的比例增強，流竄到成親全身。看到他痛苦不堪的樣子，在他旁邊的昌親和朱雀合力壓住了疫鬼，但幾乎耗盡了全力。

後來，吉昌聽到騷動趕來，寫了靈符，才勉強壓住了疫鬼夾帶的邪氣。所有人都知道可能支撐不了多久，不禁毛骨悚然。

這樣下去，螢的法術也隨時可能消失。不知道她發生了什麼事，當術士本身出現什麼異狀時，法術就會解除，解除後的法術威力，會反彈回術士身上。

在這種狀況下，法術反彈回去，她恐怕很難平安無事。同時，也會危及成親的生命。

靈力、氣力、體力、膽量，都被消磨殆盡。讓人不禁訝異，他竟然還有這樣的行動力。即便到這種地步，他還是可以不靠任何人攙扶，自己走路，因為有人等著他回去。

——父親不在……我好寂寞……

透過式，他見到、摸到了兒子。兒子把臉貼在他手心上，用顫抖的聲音向他傾訴。

把嘴巴抿成一直線，默默注視著自己的妻子，眼看著就快崩潰了。

敵人用種種方式，把安倍家的人逼入絕境，再巧妙地堵住所有後路，還讓弟弟背上根本沒做過的詛咒罪名，成親絕不饒恕這個敵人。

不管會不會損耗精力、縮減生命，他都要親手殺了這個神龍見首不見尾的敵人。即使殺不死，也要報一箭之仇。最好能給敵人致命的一擊。

被叫到床邊的昌親，心驚膽戰地聽著他狠狠地、淡淡地說著這些話，內心震顫不已。

他第一次看到哥哥這麼憤怒。

當月亮快升到天頂時，成親裝扮整齊，踏入了生人勿進的森林。沒有人敢阻止他。

為了多少幫哥哥一點忙，昌親打算傾注全力。既然阻止不了他，就不能讓他戰敗。成親一個人的力量或許不夠，但是加上昌親的力量，就能提高勝算。昌親的生命也許會因此縮減，但總比哥哥就這樣被疫鬼殺死強多了。

天一憂心忡忡地望著成親。安倍家的次男平靜地對她說：

「我很愛我的妻子和孩子。」

天一驚愕地看著他。他看著一身白衣的哥哥的背影。

「可是，我畢竟是安倍家的陰陽師。我也很想阻止哥哥，但更想殲滅對我們齜牙咧嘴的敵人。」

昌親說這些話時的表情，充分展現出也確實存在於他體內的「陰」的一面。

他們是名副其實的陰陽師，身上流著安倍晴明的血液。

天一閉上眼睛，無奈地嘆了一口氣。

「那麼，我來保護你們吧。」

森林中斷了。

出現稍微空曠的地方。

十二神將天空和朱雀，在那裡迎接安倍家的陰陽師們。

成親抬頭仰望高升的月亮，吁吁喘著氣。

上個月的滿月晚上，黃泉之風狂吹京城。那道風帶走了皇后定子，擾亂了京城人們的心。

但是有人恭請鳴神降臨，把風驅散了。

幸好有人這麼做，否則京城人心早就渙散了。聽說雷電都落在皇宮南庭、後宮的藤壺附近，還有藤原公任的府邸。

飽受疫鬼折磨的成親，不禁讚嘆，雷電都落在非常微妙的地方呢。

安倍家的人不能離開住處。敏次偶爾會假裝來探望成親，向他們報告近況，但是都沒什麼好消息。昌浩至今下落不明。皇上失去了皇后，意志消沉，派使者去賀茂，打算把內親王脩子叫回來。這麼做是對的。脩子回來，多少可以安慰皇上。成親想起自己的孩子，由衷地這麼認為。

「是時候了……」

他甩甩頭，把意識拉回現實，緩緩環視周遭。

三名神將、一名陰陽師、地下的龍脈、天上的月神，是現在成親可以使用的所有棋子。把神將當成棋子是有點不應該，但這是他現在真正的感想。

朱雀先來整理過場地，把長得很高的枯草都清除了。成親沒有拜託他這麼做，是他關心成親，想替連站都站不太穩的成親減少一些負擔。

「一名火將、兩名土將，有點欠均衡，但也沒辦法了。」

今晚要將詛咒反彈回去的事，成親沒有告訴負責保護參議府的天后。她若知道，會拋下所有事趕來。成親比較希望她守護自己的家人，而不是自己，所以沒告訴她。

成親把神將和昌親，分配到四個方位，在圍起來的四方形內描繪竹籠眼。也可以畫五芒星，但是安倍家的法術幾乎都被看破了。使用平時不常用的竹籠眼，說不定可以讓敵人措手不及。

他不是不會用，而是不用。這是暗藏的絕招。昌浩總有一天也會擁有這些法術。現在的昌浩會輸給小野螢，是因為他的靈視能力被封鎖了十年。

成親坐在竹籠眼中央，從懷裡拿出勾玉、管玉、丸玉串成的項鍊，戴在脖子上。這條項鍊跟用來彌補昌浩失去的靈視能力的勾玉不一樣，是祭祀儀式中使用的祭祀道具。使用的勾玉有三個。

做好準備後，成親閉上眼睛，調節呼吸。

風戛然靜止。

月亮就快升到頂端了。

4

是件。

當昌浩倒抽一口氣時，在眼前展開的情景忽地消失了。

磷光四散，螢火也無聲散去，現場一片漆黑。

昌浩茫然嘀咕著：

「等……等等啊……」

都看到這裡了，就快全部看完了，為什麼消失了？

這簡直就是活生生的折磨，昌浩氣得大叫：

「別開玩笑了——！」

瞬間，冰冷的聲音從頭頂上傳來。

「哦，我在開玩笑嗎？」

「唔……！」

昌浩維持大叫的姿勢，身體劈唏一聲僵住了。

冷汗像瀑布般流過他的背脊。

好久沒聽到這個傲慢、刻薄、冷酷如冰的聲音了。

苛刻的言語毫不留情地撕裂了全身僵硬動彈不得的昌浩。

「你是個陰陽師，卻為了那種小事氣成這樣，還大吼大叫，實在太不成熟了。這樣也想成為最頂尖的陰陽師？太可笑了，小鬼。你要說那種大話，還早得很呢。」

睽違這麼久，他的語氣依然犀利。聽得不只耳朵痛，連心都痛。

「怎麼了？小鬼，你的塊頭比以前成長了一些，可是內在呢？有什麼話想說，就說吧，我也不是不能聽。」

昌浩努力說服自己：「光聽話中的內容，聽起來也像是充滿了關心嘛。」但還是說服不了自己。那個聲音、那個語氣，怎麼聽都讓他覺得，只要自己說錯話就完蛋了，包準被罵到死，死後也會繼續被罵。

「我想……我們還是進入主題吧……」

可能是看到昌浩全身僵硬，於心不忍，另一個聲音試著居中協調，轉換話題。這個很久沒聽見的聲音，對昌浩來說簡直就是天助。

「陰陽師大人！」

「很厲害呢？要說很厲害嘛。②」

身穿黑衣的榎岦齋，對張大眼睛的昌浩，說了跟以前一模一樣的話。昌浩心想他一

點都沒變呢，莫名地覺得安心。

披下來的衣服，遮住了岦齋半邊的臉。昌浩只看得見他的嘴巴。

昌浩盡量不往後看，詢問岦齋：

「我剛才看到的那些是什麼？這裡是夢殿吧？那是夢也不是夢吧？」

岦齋的衣服被風吹得鼓漲翻騰。

拂過昌浩臉頰的風好冷，帶著黏膩纏人的沉重感。

一陣寒意掠過背脊。那道風會刺激人的神經、使人胸口鬱悶、心情低落。

背後響起短暫的劍鞘震盪聲。金屬的摩擦聲，驅散了心中不平靜的陰霾。

「這裡既是夢殿，亦非夢殿。」

從上面傳下來的朗朗聲音，貫穿了瑟縮起來的昌浩的耳朵。昌浩差點衝動地轉過身去，但想到那雙眼睛不知道會閃爍著怎麼樣的光芒射向自己，他的身體就動彈不得。

人模人樣的鬼說，這裡不是夢殿。

可是，這裡明明是夢殿。有他在，不是夢殿是哪裡？

岦齋似乎感覺到昌浩的疑惑，緩緩掀起衣服，露出了雙眼。他的眼眸浮現著昌浩從未見過的緊張神色。

「簡單來說，這裡是夢殿的盡頭——前面是夢殿與黃泉之間的狹縫。」

夢殿裡住著死者、住著神。死者會被分為魂與魄，被負面情緒絆住的魄，總有一天會沉入黃泉。

「境界是門，由冥官看管。」

「有人鑿穿了那之外的通路，成了入口，同時也是出口。那條路不只通往夢殿，也通往人界。」

「咦……？」

昌浩終於轉過身去，面向背後的男人。

漆黑的短髮、漆黑犀利的雙眸、冰冷如月光的俊秀容貌、與最強的十二神將不分軒輊的身高、腰間的配劍、一身黑漫漫的黑衣，都是昌浩記憶中的模樣。

他是冥府的官吏、冥王的臣子、冥界之門的裁定者。

昌浩被這個男人救過很多次，包括直接與間接。不只昌浩，還有其他很多人，也都在不知情的狀態下，被他救過、被他保護著。

這個男人說自己不能直接干預人界的事，所以老是把陰陽師當成式來使喚。說得好聽是使喚，其實是毫不留情地操控凌虐。

風從彼方吹來。衣服下襬、袖子，都被吹得鼓漲翻騰，發出啪噠啪噠的抗議聲。又強又冷的風，讓人呼吸困難，帶著詭譎的神秘感，恍如鑽入肺裡，就會把胸口凍結。

冥官的手指緩緩指向了彼方。

「看，那個送葬隊伍。」

昌浩的心跳加速，反射性地追尋冥官的手指，定睛凝視。

他清楚看見黑暗的彼方，有無數比黑暗還漆黑的身影鑽動著。

「那是……？」

心臟彷彿被踢得高高跳起，撲通撲通急速鼓動的聲音好刺耳。

冥官用光聽聲音就會迷死人的嗓音，繼續說著讓人毛骨悚然的話。

「那是把你認識的人誘入黃泉的隊伍。」

「咦……？」

昌浩愣愣地看著冥官。人模人樣的鬼，冷冷地撂下話說：

「再繼續往前走的領域，不要說是我們冥府的人，連住在高天原的神都不能干預，你看那個帶隊的人。」

被督促的昌浩，轉移視線，清楚看見一個人走在浩浩蕩蕩的送葬隊伍前頭，與隊伍拉開一小段距離。

吹起了風。那是從黃泉吹上來的風，沉重得幾乎把昌浩的心凍結。歌唱般的微弱聲音，隨風飄來。

豈齋繃緊了臉。昌浩不由得豎起耳朵，仔細聽那個聲音。

《一……夜……人……斷……》

「女人？」

既像嗓音有點高的年輕女人，又像嘶啞的老太婆。

很不可思議的聲音。

走在黃泉送葬隊伍前頭，披著襤褸衣服的女人，有時會像跳舞般、像做操般，邊扭動身子邊搖晃裙襬、甩動袖子，唱著歌。

《二……眸……頻……首……》

黏答答地鑽進耳裡的聲音，喚起了昌浩體內的恐懼。

《三……人……後……徘……》

每當歌聲響起，隊伍裡的鬼就會像跳舞般抖動全身，高高抬起棺木。

「棺木……」

昌浩的眼睛直盯著那裡。

送葬隊伍的正中央，有個長方形棺木，由八隻鬼扛著，前後都有數不清的鬼排列著。

《四……帶……數……禍……》

忽然吹起強風，襲向了昌浩和冥官。颼颼鳴響的風，吞噬了女人的歌聲。

幾乎要把人吹倒的強風，吹了好一陣子。昌浩舉起手擋風，看著送葬隊伍，耳邊斷斷續續響起歌聲。

《十……黑……之……深……》

嘻嘻喧鬧的嗤笑聲，隨風飄來，迴盪繚繞。送葬隊伍的鬼們，全身顫抖嗤笑著。

《一……——……》

帶頭的女人又從頭開始唱起了歌。

被歌中含意震懾的昌浩，全身起雞皮疙瘩，腳像生了根，想動也動不了。

冥官猛然瞇起眼睛，朝他後腦勺巴下去。

「好痛！」

「小鬼，不要這麼沒用！」

昌浩察覺俯視著自己的冥官，眼中怒火搖曳，趕緊站穩雙腳，振作起來。

「誰躺在那裡面？」

冥官只動了動眼皮，好像沒有回答他的意思。

「官吏大人，那裡面是誰？誰躺在裡面？到底是誰？」

昌浩不斷逼問，冥府官吏瞄他一眼，冷冷地說：

「知道是誰，會改變命運哦。」

「咦……？」

短短一句話，含帶著可怕的意味。昌浩霎時屏住了氣息。

「是我的命運嗎？」

「——」

男人不回答。沒有答案，表示肯定。

會是誰呢？

好幾張面孔在昌浩腦中浮現又消失。

會是被疫鬼附身，痛苦不堪的哥哥嗎？會是父親或母親嗎？會是二哥或是哥哥們的妻子及家人嗎？會是差點被毒死的伯父或是堂兄弟們嗎？會是在皇宮裡跟自己一起工作的藤原敏次等同袍們嗎？啊，也可能是自己的輔佐人行成、左大臣，還有、還有——

播磨神祓眾的螢，顯得一天比一天蒼白、虛弱。

還有——

「唔……」

心跳又怦怦狂響起來。

腦中閃過人在伊勢的祖父的臉。

最後浮現的是頭髮烏黑、潤澤的背影——不會吧？

昌浩又用僵硬的聲音問了一次：

「那個棺木裡面是誰？」

然而冥官還是沒有回答。

送葬隊伍向前行。女人的歌聲斷斷續續傳來。仔細聽，會聽見歌聲、嗤笑聲，與在風中趴躂趴躂前進的無數跫音。

昌浩猶豫了。

怎麼辦？冥官說會改變命運。既然這個男人這麼說了，阻擋那個送葬隊伍，把棺木裡的某人搶回來，就一定會改變某人的命運。

冥府官吏不能干預人界的事，所以會使喚陰陽師去做。既然他把這件事告訴了身為陰陽師的昌浩，就表示不能讓那個送葬隊伍離開。

昌浩這麼想，但也可能錯了。搞不好，是昌浩自己的命運會往意想不到的方向傾斜。

黃泉的送葬隊伍正繼續往前行進。

該怎麼做才對？正確答案是什麼？

絞盡腦汁思考的昌浩，注意到岦齋直盯著送葬隊伍的表情。

他的臉色蒼白、激動，仔細觀察還會發現他雙手緊握拳頭，微微顫抖著。

昌浩推測，他是很想衝出去，但拚命忍著。他想阻止送葬隊伍前進，救出被送葬隊伍抓走的棺木裡的某人。

既然這樣——

昌浩回頭對冥官說：

「棺木裡的人在這時候結束生命，是冥府的決定嗎？」

對於昌浩的新問題，冥官動動眉毛，淺淺一笑說：

「黃泉的送葬隊伍會對冥府的決定造成威脅。」

光聽到這樣就夠了。

昌浩轉過身，全力往前衝刺。

岦齋看著他的背影，用僵直的嗓音說：

「使喚那孩子……會改變很多人的命運喔，官吏大人。」

包括昌浩的命運，以及許多與昌浩相關的人的命運。

其中某些改變，也可能帶給他悲哀。

「頂多幾個人而已。」

「我認為……」

「不要搞錯了，陰陽師。」

冥府官吏的視線冷冷射穿語氣不由得激動起來的昌齋，低聲咆哮說：

「你要把人界所有子民與區區幾個人，放在天平上做比較嗎？那小子要是不能奪回棺木，就會有幾十萬的命運傾向黑暗。」

而且，奪回棺木後，昌浩也不能知道裡面是誰。如果知道，會成為改變昌浩命運的主因。

「陰陽師，你就看著那個小子吧。這是你種下的果。以你的親身經驗，讓那小子知道凡事都有因果關係吧。」

在黑暗中奔馳，逐漸靠近，才知道形成送葬隊伍的黃泉之鬼多不勝數。

原本在中央位置的棺木，從這雙手傳到那雙手，慢慢移向在前方帶路的女人。

抬棺木的鬼，隨時保持八隻。仔細看，棺木似乎是石頭做成的，有著厚重的蓋子。

昌浩吸口氣，結起刀印。這裡是夢殿。即便靠近黃泉，這裡還是神居住的地方，應該比人界更容易召喚神的力量。

「南無馬庫桑曼達吧沙拉旦、顯達馬卡洛夏達索瓦塔亞溫、塔拉塔坎、漫……！」

真的很久沒念誦真言了。這些日子喉嚨都不舒服，沒辦法好好說話。即使發得出聲音，也有種被卡住的感覺。

現在的自己，就像從人界的軀體脫殼而出，所以可以自在地發聲。

身體變輕盈了，還充滿了活力。儘管黃泉之鬼多得嚇人，但以他現在的狀況，絕對可以應付。

他很快在空中畫出五芒星，鑽進正中央，在地面橫畫一直線，大叫：

「禁！」

後排的黃泉之鬼，被瞬間築起的光牆擋住去路，同時發出了咆哮聲。眾鬼們掀開衣服，露出可怕的模樣，衝向了昌浩。但是被保護牆阻擋，沒辦法前進。怒氣沖沖瞪著昌浩的眾鬼們，突然嘻嘻嗤笑起來。

昌浩覺得背脊一陣寒顫，趕緊往旁邊跳開，前排一湧而上的黃泉之鬼，撞上了保護牆。

很快重整態勢的昌浩，在眾鬼們手中鑽來鑽去，衝向前頭。

寡不敵眾，與眾鬼們正面交戰，對昌浩大大不利。

「我的目標是奪取棺木……！」

與鬼作戰或收服送葬隊伍，都不是他的目標。

他要做的是，把裝著他認識的某人的棺木，從黃泉之手搶過來，送回人界原來

的地方。

至於是哪個地方，昌浩並不知道。他相信冥官一定會想辦法處理。

應該會。

眾鬼們很快包圍了逃過最初攻擊的昌浩。環繞四周的黃泉之鬼，個個都比昌浩高，四肢像枯木、眼睛布滿血絲。

嘻嘻嗤笑的聲音層層交疊迴響。

吹起了強勁的風。從眾鬼們前方吹來的風，蘊含著濃烈的黃泉氣息。光吸一口，就會產生體內受到侵蝕的錯覺。

昌浩甩甩頭，在眼前結起手印大叫：

「謹請恭迎！諸神諸真人降臨！」

眾鬼們畏懼地往後退。是話語中的言靈逼得它們不得不這麼做。

「縛鬼伏邪、百鬼消除、急急如律令！」

迸射的靈術漩渦，炸開了包圍昌浩的黃泉之鬼。

它們發出難以形容的慘叫聲，重重摔在地上，痛苦掙扎。昌浩踢開它們，去追棺木。儘管無數的鬼被打趴，送葬隊伍還是井然有序地不斷前進。

「等等……！」

扛著棺木的鬼們，配合帶頭女人唱的數數歌繼續前行。

昌浩拍手念咒語，切斷隊伍。

「必神火帝、萬魔拱服！」

降臨的神氣召來火焰之氣，捲起狂烈的漩渦，吞噬了眾鬼們。

被火舌纏身的黃泉之鬼，發出垂死掙扎的慘叫聲，與其他繼續往前走的鬼的嘻嘻嗤笑聲交疊在一起。

聽起來超恐怖，昌浩不禁毛骨悚然。即使同伴倒下、隊伍中斷，它們還是頭也不回地往前走。

配合著數數歌，邁開腳步，不斷、不斷向前進。

身心靈都被恐懼纏繞的昌浩，甩甩頭低聲念著：

「驅邪、淨化……！」

光念這樣的神咒，需要的氣力都遠超過他的想像。

這也難怪。送葬隊伍前進的目標，是與黃泉相連的夢殿盡頭。昌浩不知道那裡有什麼，只知道追著它們跑，會愈追愈靠近黃泉。

「盡頭到底有什麼……?!」

在出雲國道反有條坡道，名叫黃泉比良坂。那是伊奘諾命從黃泉回到人界時使用的

出口。

昌浩聽風音說，黃泉原本與人界相鄰，伊奘諾命認為這樣太危險，於是在兩者之間設置了道反聖域，派道反大神封鎖坡道。

黃泉比良坂是在山裡。那麼，夢殿的盡頭是怎麼樣呢？

定睛細看的昌浩，看到唱歌的女人前進的方向，有數不清的光點閃耀著。

那是幾百雙、幾千雙的眼睛。那些布滿血絲的眼睛在迎接送葬隊伍，狠狠瞪著阻礙隊伍的昌浩。

光點愈來愈多，凌亂的腳步聲接連不斷湧現。

昌浩察覺自己在發抖。是來自黑暗的腳步聲，以及從那前方吹來的風，使他不寒而慄。

無數的腳步聲確實在增加中，隨著距離縮短，聲音就愈響亮愈沉重。

擋在昌浩前面的黃泉之鬼愈來愈多，棺木也被愈抬愈遠。

「這樣下去……」

追也追不上。

絕望就快把昌浩的心捏碎了。

眾鬼們發狂般嘻嘻嗤笑著表情扭曲的昌浩。

忽然，昌浩似乎聽見了波浪聲。

在嗤笑聲前方。在女人前進的方向。很像波浪前推後湧的聲音，接連不斷地重複響著。

女人唱的數數歌，配合著波浪聲，以美得不合現場氣氛的旋律傳來。

《一、一夜對人世斷念》

《二、驀然回首之眼眸》

《三、眾人死後皆徬徨》

《四、為無數之禍事》

《五、詛咒憎恨虛假》

《六、終倒地成屍骸》

《七、哀嘆與嘲笑》

《八、消瘦憔悴又茫然》

《九、往更黑暗之深淵》

《十、攫掠遠颺而去——》

送葬隊伍裡的鬼們，已經把棺木抬到靠近帶頭的女人的後面。

女人慢慢停下來。波浪聲震耳欲聾，吞噬了嘻嘻嗤笑聲，以及繚繞迴響的數數歌。

眾鬼們聲勢浩大地退向兩邊，抬著棺木的八隻鬼與女人、昌浩之間，成為淨空狀態。

女人暢行無阻地繞過棺木，停在昌浩前面，沒掀開衣服，嗤嗤笑著。

「唔……！」

昌浩下意識地屏住呼吸。

女人的臉被衣服遮住了一半，昌浩卻知道她正狠狠瞪視著自己。

女人緩緩張開了嘴巴。

《一……》

翩翩起舞般扭擺身體，愛撫棺木後，女人又走到前頭，帶領眾鬼們行進。

同時，退向兩邊的眾鬼們，目光炯炯地逼向了昌浩。

「唔……」

震耳的撲通撲通心跳聲，怎麼樣都停不下來。

昌浩完全被震懾了。阻礙他的眾鬼們往兩旁退去，女人刻意在他前面現身，他卻什麼都不能做。

女人的嗤笑，像是在嘲笑無力的孩子。

在這裡，沒有人能幫他。沒有十二神將，也沒有祖父。更沒有聲音會督促他不要停、動起來、看看四周。也沒有聲音會對他說不要怕、往那裡去，從背後推他一把。

啊，以前的自己被救過很多次呢。

被很多人、被很多心靈、被很多神救過。

「天之息、地之息——」

這是神咒。在來播磨的路上，螢教會了他，說是神祓眾用的咒術。

「天之比禮、地之比禮。」

在心臟緊縮，被恐懼不安迷惑煽動時，可以使用這個神咒，驅散如黑幕般鋪天蓋地而來的恐懼不安。

昌浩吸口氣，拍兩次手。

「天之息、地之息、天之比禮、地之比禮。」

響徹雲霄的驅邪聲，劃破了數數歌、嗤笑聲、黃泉之風、浪聲。

「天照大御神、天照大御神、天照大御神。」

神咒念到一半時，銀色閃光飛進昌浩的視野。

他定睛注視，發現那是條柔弱纖細的線，從自己來的方向，往前拉到他注視的地方。

畏縮顫抖的銀線，長長延伸至遙遠的棺木裡。

他的指尖稍微碰觸到在他身旁搖曳的細線。

剎那間，宛如聽見微弱的悲痛哭聲。

——……唔……！

是棺木裡的人的聲音嗎？還是其他人的聲音？他不知道。

然而，呆呆佇立在比黑暗更漆黑的夢殿盡頭的昌浩，確實被那個聲音從背後推了一把。

小怪的陰陽講座

②請參閱少年陰陽師第26集，岦齋要求昌浩說「很厲害的陰陽師大人」。

5

◊ ◊ ◊

時守死時的意念，強烈苛責著夕霧。

邊踢開紛紛飄落的白雪，邊大聲吶喊的時守，不斷把怨懟的意念投注在夕霧身上。

「唔……！」

被攻擊得喘不過氣來的夕霧，更緊緊摟住了懷裡的螢。

螢嘴邊的血跡，讓他心痛不已。螢總算恢復了氣息，可是死人般的肌膚與冰般的體溫，還是沒有起色。

「螢……至少……」

至少要讓妳活下來。

只要能短暫壓住時守就行了。以自己的生命做交換，應該可以在短時間內封鎖時守。

時守不是一般死靈。很多帶著負面意念的人，會被意念吞噬，變成惡靈。當初夕霧就懷疑時守也是那樣。可是時守釋放出來的，卻不是死靈也不是惡靈之類的力量，而是遙遙凌駕在那之上的恐怖力量。

身為神祓眾的夕霧，有過無數機會與那樣的靈對峙。也跟螢一起淨化、收服過無數這樣的靈。

難道是轉化成妖怪了？擁有強大力量的妖怪，大多很難應付。

可是任憑他如何集中意識探索，結論都是時守釋放出來的力量並不是妖氣。

而是可怕的、高深莫測的禍氣。

「簡直就像……」

對，就像……

夕霧不由得打個寒顫，屏住了呼吸。

飄浮在半空中的時守，從腰部以下都看不見。只有上半身保有形體，下半身朦朧潰散，是透明的。

模樣像死靈、惡靈、怨靈，而且擁有更大的力量。兇殘粗暴的程度勝過被稱為大妖的妖怪，連大氣都被震得一片混亂。

飄雪的雲層逐漸增厚，原本只是紛飛飄落的白雪，變成了暴風雪。

雪雲裡響起笨重的轟隆巨響，暴風雪前隱約可見火花般的紅色閃光。大氣被怒氣震盪，雲間閃光化為利刃，擊落竹林。

啪哩啪哩裂成兩半的青竹，被燒得焦黑倒下來。打在地面上的雷電，滑過地面留下紅色軌跡，襲向了夕霧。

四周布設的竹籠眼結界，勉強阻擋了攻擊，但保護牆也被摧毀了。

法術碎裂的反作用力，撲向夕霧，把他連同螢一起彈飛出去。

冰冷的河水竟然沒有結冰，掉進河裡的夕霧，抱著螢在水面上掙扎。

紅色閃光刺向那裡，滑過水面，向四方擴散。

雷擊以銳角曲線追擊夕霧，他為了掩護螢，被刺中了背部。

「唔……！」

衝擊力道從背部貫穿到胸部，吐出來的氣夾雜紅色霧狀液體。

即使倒地不起，夕霧還是沒放開螢。把自己的身體當成盾牌，減緩衝撞力對螢的傷害。

「時……守……」

這是怎麼回事？

強撐著爬起來的夕霧，猛然張大了眼睛。

簡直——就像神。

——咯……咯……咯……

時守突然發出憋住般的渾濁笑聲。開心得扭成一團的臉，真的很醜，完全看不出他生前的樣子。

時守緩緩把手指向了夕霧。

驚愕的夕霧倒抽一口氣，推開了他一直不肯放開的螢。

瘦弱的軀體倒在雪上。

夕霧看見了。

時守背後有個人。那人擺出與透明的時守同樣的姿勢，伸出手指，在空中畫圖。是竹籠眼。

畫完的六芒星，綻放黑色光芒，直直射穿了夕霧的胸膛。

「唔……………」

夕霧被衝擊力壓住，竹籠眼貫穿他後逐漸擴散，將他吞噬。

「螢……」

他伸向螢的手，在半空中抓撓，沒多久就被吸進了竹籠眼裡面。

啪唏啪唏作響，放射紅色閃光的黑色竹籠眼，在半空中滑行，降落雪地，停在昏倒的螢頭頂上，開始散發禍氣，逐漸擴大。

時守哈哈狂笑起來。

在暴風雪中，黑色竹籠眼就快淹沒螢的全身，把她吸進去了。

面無表情看著這一幕的冰知，忽然皺起了眉頭。

當竹籠眼的禍氣撫過臉頰時，螢輕輕抓住白雪，發出了微弱的呻吟聲。

◇　◇　◇

藤原公任仰望著睽違已久的滿月。

他的心一直很消沉，長期臥病在床。但是一個月前，落在這個庭院的雷電的衝擊，似乎把蒙住他頭腦的迷濛霧氣都打散了。

朦朧的記憶，一天比一天呈現更清晰的輪廓。

最先想起來的是，他想找安倍晴明商量的理由。

那是以夢的形式逐漸甦醒的。

一晚接一晚，每作一次夢，像蒙著黑色迷霧般被遺忘的事，就逐漸恢復了記憶。

明明是在睡覺，卻非常疲憊，連續好幾天都爬不起來。

傷勢確實復原了，體力卻每況愈下。御醫丹波看著他愈來愈衰弱的樣子，暗暗擔心他會從此撒手塵寰。

幸好總算保住了性命。

為什麼每晚作夢會這麼疲憊呢？

因為忘記的事，恍如又親身經歷一次般，在夢中重演。

沒錯，在他決定找晴明商量之前，就是處於快崩潰的狀態。

逐漸恢復的記憶，起初大量消耗了他的體力。但是過完年的五天、十天後，作夢就不再那麼疲憊了。

只要睡覺，就能想起遺忘的事。

這麼察覺後，他盡可能讓自己睡覺。為了睡覺，他從全國各地買來最營養的食物，還毫不吝惜地吃了很多昂貴的藥。

藤原行成和藤原敏次來問過他很多次，左大臣也私下寫信來問過，那時候到底發生了什麼事。安倍家人不能公開採取任何行動，但聽說也是殷切期盼著他早一天復原。

除了這些聲浪之外，公任自己也很想知道發生了什麼事，所以告訴自己非想起來不可。

「那天傍晚……」

公任把榻榻米鋪在外廊上，叫人準備好火盆與坐墊，穿著好幾件縫入棉花的衣服，抬頭望著月亮。

傷勢幾乎痊癒了。再過幾天，他要去向一直很擔心他的皇上請安。

在那之前，他必須驅散所有的迷霧，報告事情的詳細內容。

自己的一句話，將決定安倍昌浩甚至安倍家族的命運。

事關重大。

對向來不好爭鬥的他來說，這是很痛苦、很想拋開的重任。

萬一安倍家族因為他的關係失勢會怎麼樣？

公任不禁哆嗦顫抖。

帶著怨恨死去的人，會成為作祟的怨靈。

在他的曾祖父那一代，有個男人被冤枉，落魄而死。死後變成怨靈，把陷害自己的貴族們，一個個逼上了死路。

一個月前的冬天的暴風雨，讓他想起了這件事。

公任的曾祖父沒有參與那次的謀劃，但也沒有阻止。

他的曾祖父只是在一旁看著。只是閉上嘴巴、摀住耳朵，默默看著那個男人被放逐遠地，在控訴自己的清白中死去。

儘管如此，可能是因為沒有參與，變成怨靈的男人，並沒有對祖父作祟。

因為只是旁觀，曾祖父活了下來。在有權有勢的貴族們一一因怨靈作祟而死後，他掌握了政治中樞的權力。

可是現在的公任恐怕不能這樣，因為他是事件的關鍵。

即使不說話、摀住耳朵、閉上眼睛，靜靜等待時間流逝，恐怕大家也不會將他遺忘。與這件事無關的高層官員或低層官員或許會忘記，但安倍家族的人絕對不會忘記。

而且安倍家族的人，不死也能報復。

因為他們是陰陽師。

風好冷。公任抓著衣服，縮著肩膀，緊緊閉上了眼睛。

他必須想起來。不想起來的話，幾代前發生在朝廷的凶事，很可能再發生在自己身上。

據說，陰陽師不會忘記加諸在自己身上的仇恨。他們會毫不遲疑地報仇雪恨，沒有任何罪惡感。報完仇後，會當成是對方罪有應得，慢慢就遺忘了。

「對了，那時候我去找昌浩大人……」

——對不起，你要找我商量什麼事呢……？

猶豫了好幾天，他終於下定決心，叫住了昌浩。為了找個沒有人的地方說話，他們進入了陰陽寮的書庫。

當時是黃昏，橙色光線斜斜照進來。他記得感覺特別刺眼，看不清楚東西。

然後，他做了什麼？昌浩又做了什麼呢？

——是這樣的……

沒錯，這就是公任的開場白。他的心臟跳得很快，額頭直冒冷汗，眼神飄忽不定，思考著措詞，想盡可能把事情說清楚。

然後呢？

「………」

公任咬住了嘴唇。明明只差一點點了，卻不知道為什麼，每次都在這個階段冒起黑色的迷霧。

幾天前作夢時，看到有什麼東西在夢裡蠕動。那東西跟昌浩有關聯嗎？昌浩又為什麼會刺傷自己呢？

在那之前到底發生了什麼事，他怎麼也想不起來。

「拜託……快散去啊……」

公任抱著頭呻吟，拚命發揮念力：黑色迷霧快散去！遮住那光景的黑色迷霧，快點消失不見，讓我看見真相！

可是不管他怎麼發揮念力，都沒辦法像夢中看得那麼清楚。

人作夢，很快就會忘記。所以公任每天早上起床，會馬上把作的夢記下來。

「對了……」

他想到可以叫侍女把燈台拿來，在火光下，重新閱讀記下來的夢。

於是他拍手叫來侍女，幫他準備所有東西。

侍女忙著移動擋風帷屏、燈台時，他仰望著月亮，等她們忙完。

月亮快升到頂端了。一個月前忽然颳起強風暴雨，無數的雷電轟隆作響，打在京都各個角落。

他正想起這件事時，突然聽見震耳欲聾的巨大聲響。幾乎在同一時間，也響起了侍女們的慘叫聲。

他嚇一大跳，打個哆嗦，反射性地回頭看，侍女趕緊謝罪說：

「對不起，我們太不小心了！」

掉下來的燈台壓在翻倒的帷屏上。仔細一看，帷屏的骨架已經被燈台的重量壓斷了。

這就是剛才震耳欲聾的聲音的來源。

心臟還狂跳不止的公任，腦中浮現一個月前雷電打在庭院裡的光景。

還有更大的衝擊，震撼了公任的心臟。

CROWN PAPER
2014.03 March
皇冠文化集團
www.crown.com.tw
慶祝皇冠60週年，買書即可參加集點贈獎和60萬元大抽獎！
活動詳情請參見60週年活動官網

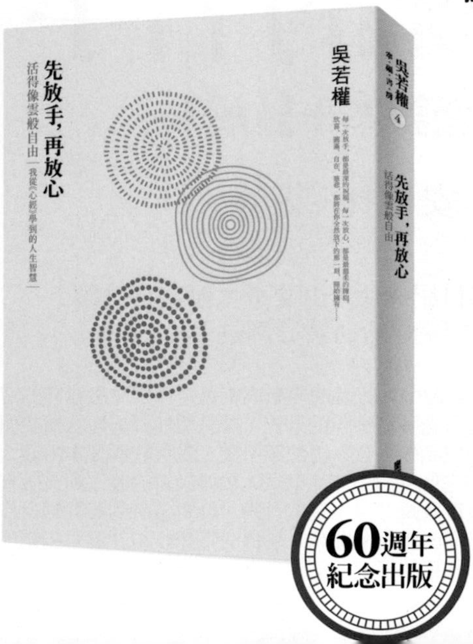

謝謝那些擊垮我的挫折，謝謝那些傷害我的人。
謝謝願意放下這一切的，我自己。

吳若權

先放手，再放心

活得像雲般自由

吳若權的第100本書，陪你讀懂《心經》，遇見最美好的自己！

吳若權將自身豐富的人生閱歷，以及他多年來研讀《心經》的體悟，寫成《先放手，再放心》這本書。他一路走來，歷經跌宕，卻赫然發覺短短260字的《心經》，每一字都能著墨於失落、悲傷、不滿、挫敗等萬般人生困境，每一句都能應用於人際關係、感情婚姻、職涯發展和生死觀點。這不僅是吳若權歷經風雨人生的感念之書，更是他寫給我們所有人的祝福之書。而無論有沒有讀過《心經》，這本書都將成為你受用無窮的人生智慧！

中文書迷超過30年的漫長等待！
首度從義大利文原版全新翻譯！

玫瑰的名字

【新譯本＋註解本】

安伯托·艾可——著

艾可80歲生日紀念版！由艾可大師親自註解！
倪安宇老師超過500則精心譯註！

《玫瑰的名字》是歐洲中世紀時期用來表明蘊含無限象徵意義的字彙。文壇大師艾可透過解謎小說的外衣，探討理性與信仰的衝突與對立，一推出便造成話題，至今仍熱銷不墜。這次的新譯本由義大利文學專家倪安宇老師耗費一年半時間，根據最新的義大利文版直接翻譯而成，更首度收錄艾可撰寫的註解，針對讀者的疑問親自作出解答。而為了方便讀者對照閱讀，並特別將譯註和註解單獨輯成一冊，希望能幫助您更加了解這部二十世紀最重要的經典巨作！

東大和尚教你簡單三步驟，
輕鬆學會不煩惱的方法！

零煩惱

草薙龍瞬──著

人為什麼會有煩惱？為什麼一直感到不滿足？這都是因為我們「心中有所求」。當我們得到了想要的東西就會快樂，得不到或得到的是不想要的就會難過，然而快樂總是短暫的，為了得到下一次的快樂，反而讓我們活得不快樂！那麼究竟要如何才能擺脫煩惱呢？想要解決煩惱，就要先認清煩惱的本質，了解煩惱為什麼會產生，然後練習洞察自我反應的「覺知力」，當負面反應的警報響起，只要「不看、不聽、不靠近」，從此自然而然就能遠離煩惱，找回清淨心！

最驚心動魄的【竹籠眼篇】精采大完結！

少年陰陽師 叁拾陸

朝雪之約

結城光流—著

播磨的秘密村落遭到疫鬼襲擊，就在勾陣懷疑神祓眾裡有內奸之際，昌浩卻突然倒地不起……醒來後的昌浩發覺自己進入了「夢殿」，眼前一支由數不清的惡鬼所組成的送葬隊伍，正抬著一具棺木往前行進，那躺在棺木裡的人究竟是誰？為了斬斷詛咒的鎖鍊，昌浩必須獨自與黃泉的送葬隊伍對決，而他與彰子、螢，又將各自選擇什麼樣的未來？

一邊是不能碰觸的天使，一邊是不該愛上的惡魔，妳，會選擇哪一個？

茱麗葉三部曲II

解放我

塔赫拉·瑪斐—著

逃離了華納令人窒息的「寵愛」後，我和亞當來到對抗「重建組織」暴政的奧米加堡壘。我足以致人於死的碰觸，在這裡成為無價的天賦。但不幸的是，我的能力也會削弱亞當的力量，為了保護他，我必須在他受傷前先離開他。一次任務中，華納意外成為我們的人質。在華納冰冷俊美的外表下，我第一次感受到人性的溫度，我的內心也

・書封製作中

10萬臉書粉絲齊聲大喊：好想吃～
和菓子嚴選33家東京必吃甜點！

SO SWEET！

和菓子の東京甜點私旅行

和菓子——著

從果醬名家五十嵐路美的精靈蛋糕烘焙動物園，到法國天才甜點師傅的傳世經典馬卡龍；從電視冠軍神之美食「土屋公二巧克力」，到銀座第一美味的「美雪館和栗蒙布朗蛋糕」……旅居東京的超人氣臉書版主和菓子，親自走訪三十三家私房甜點店，無論是世界冠軍的排隊名店，還是懷舊的日式咖啡屋，帶你一次嘗盡最幸福的甜蜜滋味！

核電既不潔淨也不環保、不安全也無法再生，
爲了下一代，我們現在就必須有所行動！

核電不是答案

海倫·寇迪卡——著

核電不是全球暖化的解決之道，一座核電廠所造成的污染，在一二十年內就會與傳統能源相差無幾。核電也並不像宣傳的那麼安全，一旦核電廠發生事故，將可能造成數十萬人死亡！不論你是反核還是擁核，都必須正視核電真正的本質以及所帶來的風險。我們的地球已處在危急存亡關頭，如果再不採取行動，未來的希望將會非常渺茫！

什麼才是美女的品格？

鑽石級男人蔡瀾教你讀女人！

這樣的女人可以愛，那樣的女人不能碰

最犀利、最嗆辣、最誠實、最幽默的男人真心話，全面大公開！

美女的性感在於眼神，不在於胸部和屁股？只要有可愛的個性，醜女也能變美女？女人話多是天性，不出聲的女人，是一個死女人？一身假名牌的女人，連頭腦都是次貨？男人嘴上不說，心裡卻有一條界線，隔開愛與不愛、喜歡與討厭，而閱女無數的蔡瀾，就有一套獨特的品味女人理論。從男人眼中的美女到男人眼中的醜女、從讓男人印象深刻的女人到讓男人想逃離的女人，蔡瀾以辛辣幽默的筆調，教你如何「讀女人」，徹底解開女人的「真面目」！

只要不犯法，無論是愛戀、憎恨，還是思念，我都可以爲您送到對方手上……

片桐酒舖的副業

德永圭──著

日本AMAZON書店讀者★★★★驚豔好評！

生意清淡的老店「片桐酒舖」靜靜佇立在荒涼的商店街一隅，為了增加收入，只好開始經營「宅急便」的副業。歌迷委託將手作蛋糕在演唱會那天送到心愛的偶像手上；小男孩希望將面紙盒做的玩具送給人在「美容院」的母親；平凡上班族來信委託送給自己主管的東西竟然是「惡意」……無論是多麼奇怪的委託，背後都有一個動人的故事。而總是靜靜傾聽客戶心事，為了達成任務全力以赴的年輕老闆片桐，其實心中也有一份等待遞送的遺憾

「…………！」

黑色迷霧褪去了。

是那天擊落庭院的雷電，驅散了蒙住公任記憶的黑色迷霧。

「……天滿……大……自在……天……」

那是好幾代前，逞暴作祟，後來被供奉為神的男人的神名。

這個男人還活著時，名叫菅原道真。

公任雙手掩面，肩膀顫抖，低聲嘟囔著：

「啊……對了……」

他想起來了，他終於想起來了。

侍女們看到他低著頭發抖，都很擔心，趕緊去通報夫人。

滿月閃爍著皎潔的亮光，靜靜地俯瞰著這一幕。

◇　◇　◇

藤原道長在東三條府的寢室，藉著燈台的燈火，在紙上振筆疾書。

他把人都支開了，所以附近一個人也沒有。

簽下最後的署名，再把文章重讀一次後，他點個頭，把信折起來。

那是寫給還待在伊勢的安倍晴明。

皇后定子去世一個月了。前幾天派人送去通知晴明的信，寫得太匆忙，有幾件事忘了寫。

一件是，一個月前，前典侍被類似怨靈的髒東西附身，他要請晴明做淨化儀式。必要的話，可以在回京城前先完成這個儀式。

另外，還有一件。

一件是，先做好脩子回京城的事前準備、確定晴明自己回京城的日期。

他要交代晴明，在回京城後，立刻把陪同內親王脩子一起去伊勢的安倍家遠親女孩，送到他備好的宅院。

以京城目前的局勢來看，把那個女孩放在安倍家太危險了。萬一被當成同夥，很可能被判處什麼刑罰。

道長逼皇上徵詢天意。可是那之後，發生了皇后去世的大事，一切都在慢慢地崩潰瓦解中。

大受打擊的皇上，很難說不會自暴自棄。

道長已經做好了心理準備。自從兩年前的冬天，他選擇欺騙皇上後，每天都過得心驚膽戰如履薄冰。

如果能瞞天過海，一直騙下去，一切就會成真。可是，只要出現一點點破綻，整件事就會被揭穿。

為了保護自己的地位與權力，他扭曲了兩個女兒的命運，但他並不後悔這麼做。

她們兩人都十四歲了。一個被冊封為中宮，進入了皇上的後宮。雖然還是有名無實，但只要沒什麼意外，她的妻子地位就能屹立不搖。

問題是另一個女兒。

必須替她找一個可以信賴的人。這個人要有相當的地位、性情溫和，可能的話，最好是個不會趨炎附勢的年輕人。就是要家世顯赫、有身分地位，但生性淡泊不會追求名利，喜愛琴棋書畫勝過政治的男人，而且不能是那種想要很多妻子的濫情男人。

道長邊一一列舉條件，邊淡淡苦笑起來。

這些條件十分嚴苛，真的會有這樣的年輕人嗎？

可是非找到這樣的人不可。道長盡可能不想改變條件，但不得不改時，應該還是可以再商議。

皇上與他之間已經有了隔閡。在度過這次的困境後，必須盡快處理這件事。

信中沒有明寫是誰的事、什麼事。晴明看了會知道，其他人即使不小心看見，也看

不出所以然。道長煞費苦心，才完成了這麼一封信。

他喘口氣，心想明天必須派人把信送到伊勢。

再呼地吐口氣後，他把筆收進硯台盒，走到外廊。

今年的第一個滿月，皓然高掛在晴朗的夜空裡。去年最後的滿月，因為那起凶事和暴風雨，從頭到尾都沒出現。

許久不見的滿月，綻放著冷冽清澈的光芒，宛如把他沉澱心底的所有憂愁都沖刷乾淨了。

悄悄走過來的侍女，對沉浸在月光中好一會的道長叩頭報告說：

「有人送信來。」

「什麼？誰寫來的？」

侍女壓低嗓門回答主人：

「是天文博士安倍吉昌大人，說要私下交給您……」

◇　◇　◇

發出微弱呻吟聲的螢，無力地撐開眼皮。

好冷的風。原本紛飛飄落的雪，變成強勁的暴風雪，把視野染成一片斑白。

螢努力讓冷得僵硬的四肢動起來，強撐著爬起來。

胸口有團熱熱的東西在蠕動。

帶著鐵味的紅色液體，滴落到她無意識掩住嘴巴的手掌。

每次喀喀悶咳，紅色噴霧就會灑在白雪上。瞬間，狂吹的暴風雪又往上堆積，宛如要抹消痛苦的證據。

蜷起身體狂咳的螢移動視線，像是在找尋誰。

——螢！

「夕……」

——螢、螢！快張開眼睛！

「夕……霧……」

她聽見了聲音。她確實聽見一次又一次呼叫她名字的聲音。

那雙手摟著她的身軀；那氣息拂過她的臉頰。

「夕……你……在哪裡……」

她發不出聲音，咳嗽把她叫喚的聲音壓下去了。每咳一次，在胸口鑽動的灼熱感就強烈爆發，血跟著呼氣一起湧出來，身體慢慢失去了知覺。

螢早已知道，自己的時間不多了。

在她胸口蠕動的是蟲。棲宿在她體內，蠶食她的臟腑，不久後就會入侵心臟，終止心跳。

發生那件凶事後，螢就察覺自己體內出現了異狀。

當時她躺在秘密村落的老翁家，痛得醒過來。喉嚨並不渴，卻有種奇怪的感覺卡在喉嚨裡，很不舒服。

她強撐著爬起來，想拿止痛符時，突然咳起來，像被錐子戳刺般的尖銳疼痛感貫穿了胸部。她狂咳了好一會，停下來後，看到手掌心上除了黏著紅色噴霧外，還有小到幾乎看不見的小黑點。

螢瞠目而視，全身僵硬。小黑點就在她眼前，沉入了肌膚底下。

覺得一陣暈眩，快倒下去時，冰知拿著裝水的容器進來了。

他看到茫然若失的螢的手，臉色發白，轉身就要出去。

螢驚慌地抓住他。

——為什麼？螢小姐，那是蟲……

螢搖搖頭，拜託他不要告訴任何人。

出生在菅生鄉的人，都學過合乎自己靈力程度的法術。

其中，「蟲使」是屬於高難度的技術。只有少數幾人學過後，可以自由自在地發揮。

螢默默掩住了臉。

在秘密村落，只有兩個人會使用這個法術。那就是時守和夕霧。其他人都住在菅生鄉。

下任首領被殺死，他的妹妹也被殺成重傷，瀕臨死亡。首領已經下令，追捕夕霧這個逆賊。

螢原本暗自相信，夕霧應該有他的難言之隱。她拚命說服自己，夕霧是因為不可抗拒的理由，才做出這種他不願意做的事。

然而，用來判斷夕霧是否想殺死自己的根據，在這一刻被摧毀了。

蟲子會慢慢地、毫不留情地削弱宿主的生命。

沒有辦法阻止它們的行動。可以用靈術將它們凍結，但是使用其他法術時，它們就會在那瞬間暴動，破壞內臟、吃光細胞。

咳嗽時，會跟著血吐出來，一點一點排出體外，但增加的速度更快。

只要施法的術士活著，蟲子就會折磨宿主，繼續削弱宿主的生命。

他這麼恨我嗎？這麼討厭我嗎？竟然想殺死我。

為什麼？從什麼時候開始的？

這是螢無法問任何人，也沒有人可以回答的問題。

她搖搖晃晃地站起來，用嘶啞的聲音大叫：

「夕……霧……！夕霧……你在哪裡……！」

如果你這麼想殺我，我就讓你殺。

可是，不是現在。現在還不行。

在完成神祓眾與安倍益材之間的約定前，我不能死。

等孩子生下來，我馬上就死。幹嘛用蟲子呢，太花時間了。

那天你用來割開我背部的短刀，在我手裡。刀柄上刻著竹籠眼圖騰，還沾著我的血。

我什麼都不在乎了。

只有一件事例外。

這件事我無論如何都想問你。

你從什麼時候開始討厭我？從什麼時候開始恨不得殺了我？

記得以前我作過惡夢。當時我對你說不記得內容了，其實我記得。

我夢見兩隻手勒住我的脖子，扯斷我的喉嚨、血管，要讓我斷氣。

難道那是你嗎？那麼，從那時候起，你就一直在等待機會嗎？

不對，那並不是開端。

小時候，我就經歷過好幾次可怕的事，一次又一次。

我只是假裝沒看見、假裝沒聽見，什麼也沒說。

我只是閉上眼睛、摀住耳朵、保持緘默。

——是的。

我的心總是蒙著黑色的迷霧。

「夕霧……！」

暴風雪逐漸增強，在螢周圍翻騰打轉，化成雪煙。

寒風吹得她呼吸困難，灼熱的蟲子扎刺著凍結的肺部，難以形容的痛楚在她全身流竄。

——螢……螢……

嚴重悶咳的螢，聽見令人不寒而慄的叫喚聲。

張大到不能再大的眼睛，彷彿應聲碎裂了。

——螢……螢……

「不……不可能……」

不全是寒冷引起的強烈顫抖，捆住了螢的全身。血滴與咳嗽，同時從她喘息的嘴唇溢出來。

「……哥……哥？」

——螢……螢……

心跳加速。胸口的蟲蠕動得更厲害了，像是開心得顫抖起來。

駭人的熟悉聲音，在暴風雪前迴盪。

——螢……螢……螢……

「唔……」

螢下意識地往後退。在剛堆積的雪上形成的腳印，很快就被再飄下來的新雪覆蓋，消失了蹤影。

風向變了。襲向螢的暴風雪，很快如雪花凋落般，碎裂散去。

眼前浮現被雪覆蓋成雪山般的水車小屋的遺跡。

非常熟悉的人站在那裡。

那個人有著白頭髮、紅眼睛。變成孤獨一人的他，長期以來一直支撐著同樣變成孤獨一人的螢。

「冰知……」

看著螢的冰知，臉上毫無表情。

叫喚螢的聲音，隨風斷斷續續飄來，低沉地、厚重地響遍四周。

冰知閉上眼睛，露出心如刀割般的神情，開口說：

「妳好可憐，螢小姐……」

「冰知？」

螢脫口而出的叫喚聲，竟然顫抖得連她自己都感到驚訝。

眼前這個亡兄的現影，簡直就像變了一個人。

不，螢覺得他已經連「人」都不是了。

冰知甩甩頭，緩緩張開眼睛，冷冷地瞥螢一眼。

「妳不回來的話，就可以再活一段時間。」

螢的心應聲碎裂了。

——……過……來……

6

那個聲音。
唱著歌。

——一、一夜對人世斷念
——二、驀然回首之眼眸
——三、眾人死後皆徬徨
——四、為無數之禍事
——五、詛咒憎恨虛假
——六、終倒地成屍骸
——七、哀嘆與嘲笑
——八、消瘦憔悴又茫然
——九、往更黑暗之深淵
——十、攫掠遠颺而去——

清澄的聲音。

唱著歌。

嘶啞的聲音。

唱著歌。

邊叫喚納入棺木內的靈魂。

邊唱著歌。

一次又一次地重複。

唱著歌。

◇　◇　◇

——來……過……來……

冰知說的話像把利刃，撕裂了螢的胸膛、螢的心，也足以撕裂她的氣力及所有一切。

身為現影的年輕人，邊緩緩轉移視線，邊對嘎答嘎答發抖的螢說：

「時守大人就是倒在這裡。」

冰知在威力強勁的暴風雪中，單腳跪下來，輕輕摸著積雪。

「妳不知道。時守大人是希望什麼都不要告訴妳，直接殺了妳。」

站起來的冰知，猛然往後看。

螢循著他的視線望過去，看到那裡有個飄來飄去的黑影。氣力、體力、靈力都被蟲子侵蝕得幾乎片甲不留的螢，拚命集中意識。

當她看見逐漸浮現形體的身影，不禁慘叫一聲。

那是小野時守。但不是螢認識的時守。那身影纏繞著強烈的禍氣、還有滿滿的怨懟，不應該是時守。

「可是，妳什麼都不知道，太可憐了。我請求時守大人給些寬限，於是時守大人給了我一點點的時間。」

冰知稱呼他為時守。

既然唯一的現影這麼稱呼他，那麼，不管他變成怎麼樣、散發出多麼恐怖的氛圍，毋庸置疑他就是時守。

「什麼……寬限……」

螢不想問，嘴巴卻與她唱反調，動了起來。

她不想問，也不想聽。問了，堅決守護的東西就會瓦解。聽了，就再也回不去了。夕霧！夕霧在哪裡？總是守護著我，只要我閉上眼睛、摀住耳朵、掩住嘴巴，就會保護我不受任何傷害的夕霧在哪裡？

螢的視線四處飄移。冰知知道她在尋找夕霧，苦笑起來。

「即使被傷得體無完膚，妳還是會尋找現影呢。沒錯，這樣才對，這樣才是該有的狀態。」

小野家的血脈與現影家的血脈是成對誕生，原本就該維持這種狀態。

「我知道夕霧是想保護妳，他放棄留在妳身邊保護妳，選擇了離開，保護妳的心。」

冰知說得很淡然，聲音裡聽不出任何感情。

不斷咆哮的時守，似乎很高興看到螢大受打擊的樣子，笑得很開心。

「唔……………」

心臟怦怦狂跳著。

忽然有股氣息降臨。有東西在她背後。

吐在她脖子上的呼吸，散發著非人界的妖氣。

冰知的目光跳過螢，看著出現在她背後的東西。從冰知的眼睛可以知道，這也是出乎他意料之外的事。

她想轉過身去，卻不知道為什麼動不了。

喃喃般的聲音在她耳邊響起。

『剛才出生的孩子，將來會奪走你的一切。』

那是她從來沒有聽過的聲音，淡淡地說著很恐怖的話。

『不但會奪走你的一切，最後還會要你的命。』

剎那間，時守發出無法形容的恐怖叫聲。

不成聲的怒吼，召來暴風雪，襲向了螢。

被風吹得搖搖晃晃的螢，看到那個生物閃開差點倒下去的她，冷冷地瞥了她一眼。

她知道那是什麼生物。在這之前，她只聽說過，還沒親眼見過。

撐在雪地上的手，已經麻痺，失去了觸覺，也不覺得冷了。

螢茫然低喃著：

「件……」

人面牛身的怪物，斜睨著螢，好像要對她說什麼話。

螢凝結的雙眸，映著件那張很像人工做出來的臉。

件在她眼眸中緩緩張開嘴說：

「你的……命……」

突然，件驚愕地張大眼睛，搖搖晃晃地倒下去了。

貫穿件側腹部的金色閃光，在半空中畫出竹籠眼，煙消霧散。

咚隆倒地的妖怪就那樣融入空氣中消失了。

強勁的暴風雪轟轟作響。件倒下去的地方，在雪地上形成很大的窟窿，但轉眼間就被新雪覆蓋了。

螢動作遲緩地轉過頭，用嘶啞的聲音低喃著：

「……冰知……？」

伸出手指，在半空中畫出竹籠眼的冰知，搖了搖頭。飄浮在他後面的時守怒氣沖天，彷彿就要撲向了冰知。

——冰……知……！為什麼阻礙我……！

螢全身因為寒冷之外的理由哆嗦顫抖起來。

阻礙是什麼意思？件到底要說什麼？

霎時，螢屏住了氣息。

她想起件的預言。誕生的件，說出預言後，就會死亡。它要對誰、說什麼預言？

搖搖擺擺站起來的螢，邊茫然聽著時守的咆哮聲，邊在心中複誦件說到一半的話。

——你的……命……

她的心臟緊縮，盤據在胸口的蟲子，恍如與時守的咆哮相呼應，狂亂地暴動起來。

一團熱氣從胃裡湧上來，她把身體彎成く字形，不停地咳嗽，吐出了紅色的噴霧。都到這種關頭了，她看到灑在白雪上的紅色噴霧，竟然還覺得很美。

強烈的疼痛就快結束了，她有這樣的預感。

「我不能把妳交給那種預言。」

平靜的低喃中，聽得出對她的關心。

螢蹣跚地往前走。被她踢開的雪，如煙霧般向四方散開。

「怎麼回事……冰知……」

白髮、紅眼睛的年輕人，握起了剛才畫竹籠眼的右手。

「我一直想告訴妳，時守大人為什麼這麼恨妳。」

要不然，妳死也不會瞑目吧？

冰知這麼說時，時守發出怪物般的吼叫聲，對他放出了禍氣。但是螢發覺，禍氣只是在冰知的周邊捲起漩渦，把雪捲上來而已，絕對不會弄傷他或弄痛他。

螢的心狂跳不已。死亡的小野時守飄浮在半空中。失去肉體容器，散發出這麼強烈的憎恨與怨懟的意念，變成所謂的惡靈、怨靈也不奇怪。不，應該說沒變成那樣才奇怪。

螢卻不認為時守是惡靈。這不是心煩意亂的感情用事，而是陰陽師平時以冷澈如冰的思緒來看待一切的理性這麼告訴她的。

時守不是靈，而是——

「…………！」

瞬間，一道光芒閃過螢的腦際，她心想不會吧？

「冰知……你……？！」

蟲子在搖搖欲墜的螢的胸口蠕動。時守的眼睛閃閃發光，迸放出力量，讓她露出更加痛苦的表情。

螢的心臟怦怦狂跳著。

看著螢的冰知，眼眸沒有任何反應。恐怕已經冷到極點的臉頰，流下一行清淚。

「我沒辦法讓時守大人……讓我的主人……變成惡靈！」

語尾與螢的慘叫重疊了。

「你是不是把我哥哥供奉為神了？冰知……！」

陰陽道有種種法術。

例如，收服妖魔的法術、驅使神明的法術、魅惑人心的法術。還有，把死者供奉為神用來使喚的法術。

這樣就說得通了。時守再怎麼生氣，都不能傷害冰知。

這是戒律。當陰陽師把死者之靈供奉為神時，被供奉的人就必須聽命於供奉的術士。

這是地位比高天原更高的產靈玉之神訂定的神的戒律。如同人界有人界的哲理，神界也有神界的哲理。

螢怒火中燒，瞪大眼睛，豎起眉毛。

「你說你是不想讓他成為惡靈?!那麼，與其這麼做，為什麼不驅散他的負面意念！你是現影，應該做得到，卻沒這麼做，為什麼……！」

相對於激動的螢，冰知從頭到尾都顯得很平靜。

「因為時守大人希望我這麼做。」

「什麼?!」

螢啞然失言。冰知接下來的話，扎刺著螢的耳朵。

「時守大人為了殺妳，臨死前命令我將他供奉為神。」

螢的大腦一片混亂，覺得他的話很矛盾。

他之前是說，發生慘劇的那天晚上，他跟村裡的人一起尋找時守，找到了這裡，看到螢和時守都倒在地上。螢受重傷，瀕臨死亡，但還有氣息，可是時守已經斷氣了。而發瘋造成這場慘劇的夕霧，也已經不知去向了。

「啊，妳看起來滿臉疑惑呢。我想也是，因為我欺騙了大家。」

回頭看時守的冰知，表情痛苦地扭曲著。

——螢……！這都要怪妳！

時守的咆哮聲刺穿了螢的耳膜。聽著那樣的聲音，螢好難過，就像心快被撕裂了。

她最愛的哥哥，溫柔、聰明、幹練、有足以勝任下任首領的資質。

螢真的很愛時守。不管鄉裡的人說出多愚蠢的話，她都認定下任首領是時守，自己會盡全力成為他的左右手。這應該是已成定局的未來。

為什麼會大大走樣呢？

「冰知，為什麼……！」

為什麼時守一再重複說都要怪螢呢？為什麼時守這麼憎恨螢呢？為什麼時守……為什麼、為什麼？

這時候，有個聲音在螢耳邊輕輕響起。

——妳不必知道。

這是夕霧最後對她說的話。這句話一定是關鍵。

「如我剛才所說。」

冰知在暴風雪中，冷靜地走向螢。

「時守大人給了寬限。讓妳在毫不知情的狀態下死去，太可憐了……我告訴妳那天發生了什麼事吧。」

於是，他看著急驟強勁的風雪，說起了十四年前的事。

「件說了預言——」

十四年前，螢出生的那天晚上，五歲的時守遇到了件。件說了預言。

「剛才件說的就是那個預言。」

螢倒抽一口氣。

——剛才出生的嬰兒，將來會奪走你的一切。

她的心跳加速。

——不但會奪走你的一切，還會要你的命。

不知道為什麼，她腦中浮現時守五歲時的模樣。在沒有燈火的牛棚裡，剛誕生的件注視著時守，肆無忌憚地說：

「剛才出生的……嬰兒……」

螢的心臟快被冰冷的手捏碎了。那個出生的嬰兒是誰？

是正站在這裡的自己嗎？

僵硬的螢移動視線，望向時守。

瞪著她的時守之神，直直對著她射出了禍神的怨念。

她緩緩地搖著頭，聲音顫抖地說：

「我……不會……做那種事……」

我不會奪走你的一切。我什麼都不要。所有、所有的東西，都是哥哥的。我從來沒有想要過，以後一定也不會想要。

螢恐慌得說不出話來。冰知平靜地接著說：

「那之後，時守大人一直很害怕。妳長大後，表現得愈出類拔萃，時守大人的心就愈受到壓迫，一點一點地扭曲了。」

身旁都沒有人時，他的心就會被件的預言占據，希望妳立刻消失。

沒有了妳，件的預言就不會成真。沒有了妳，件的預言就失去了意義。

他詛咒妳會不小心掉進急流裡，或是哪天在床上變成了冰冷的死屍。

他希望在一切被奪走前，妳會消失不見。

——螢！螢、螢、螢、螢……！

都怪有妳、都怪有妳的存在，沒有妳該多好。

螢顫抖地看著時守，眼睛眨也不眨。

在耳邊轟轟響個不停的急速心跳聲好吵。真的好吵、好吵。

害得她聽不見冰知說話的聲音，也聽不見時守的怒吼聲。

「儘管這樣，時守大人的心，最後還是平靜下來了。因為出現了深愛時守大人的女孩，而時守大人也深愛著她。被指定為下任首領後，時守大人終於從件的預言解脫了。」

忽然，冰知自嘲似地揚起了嘴角。

「去京城前，我們不是順道來了這個秘密村落嗎？就在那時候，時守大人第一次告訴了我這件事。」

冰知的雙手握起拳頭，咬住嘴唇，全身顫抖。

「妳能了解嗎……？我是現影，一直陪在時守大人的身旁，卻沒有察覺他的痛苦、他的掙扎。在他最痛苦的時候，支撐他的人竟然不是我。」

其實冰知知道，那是因為自己還不夠成熟。而時守比任何人都了解冰知的性情，所以一直瞞著他。

冰知是現影，他的使命是擔任時守的影子。時守不想讓他背負件的預言。那個預言，必須由時守自己克服。

連這種事都做不到，就沒有資格當神祓眾的首領。

於是，那天晚上，時守把夕霧叫來。

不是為了爭鬥，而是為了和解。

時守被預言束縛，對螢充滿了憎恨與厭惡，好幾次置她於險境，幾乎要了她的命。

只有夕霧隱約察覺到這件事。於是他全力保護螢，沒有把真相告訴任何人。

螢打從心底傾慕時守，如果知道她最喜歡的哥哥被可怕的預言困住，想要傷害她，夕霧怕她的心會徹底崩潰。

那麼敏銳的螢，會對衝著自己而來的惡意毫無反應，是因為她自己不願意面對那樣的事實。

「…………」

螢眨也不眨的眼睛，直接跳過冰知，注視著時守。

黑色迷霧蒙蔽了她的心，把她不想看、不想聽、不想提的事，全都藏起來了。

她不想再聽了、不想再看了，一點都不想。

可是身體卻動彈不得。眼皮、手都宛如不是自己的，沉重得難以置信，完全不聽使喚。

「那天晚上，時守大人不是說過嗎？他說要去鑑定妳未來的夫婿。那是時守大人第一次打從心底關心妳而說的話。」

哥哥第一次真正關心妹妹而說的話、與那個笑容，沒有半點虛假。

「第……一……次……？」

嘶啞、幾乎不成聲、又像只是喘氣的低喃，從她的嘴巴逸出來。

那麼，在那之前一起度過的日子裡，她所看見的、聽見的，都是什麼？

——……來……

心跳不自然地怦怦鼓動著。

「沒錯，在那之前，時守大人都在說謊。他欺騙了妳、欺騙了鄉人，也欺騙了他自己。」

時守了解夕霧的感情，也了解螢的感情。螢背負著神祕眾的約定，而現影也不能成為小野家族的伴侶。但是，這些事都約束不了他們的心。

螢想要的不是丈夫，而是夕霧。所以夕霧可以成為孩子的父親。

那天晚上，時守就是想對夕霧說這件事。冰知是後來才知道的。

時守認為這是自己與夕霧之間非做個了斷不可的事，所以沒告訴冰知，逕自去了水車小屋。

「沒想到變成那樣……」

冰知無力地搖著頭。那天時守無聲無息地溜出去了。為什麼在他打算溜出去時，自己沒有察覺呢？

等螢來通知，冰知才知道時守不見了。就在他遍尋不著時，忽然想到水車小屋，立刻趕去那裡。

他趕到時，螢已經倒在地上，滿身是血，慘不忍睹。夕霧不見了，躺在水車小屋前的時守，還有一絲氣息。

——時守大人……?!

臉色發白的冰知，首先跑向了時守。他是時守的現影，在那一瞬間，他根本顧不到螢。

瀕死的時守，緊握著刀柄刻有竹籠眼圖騰的短刀，緩緩張開了眼睛。

發生什麼事了?夕霧呢?螢怎麼了?

大驚失色的冰知這麼大叫。時守抓住他的手，力氣大得驚人，呻吟著說：

——件……

一開口說話，就喀喀咳出血來。劇烈喘息的時守，畫出小小的竹籠眼，把所有的經過顯現給現影看。

畫在半空中的銀白色竹籠眼，映出了時守看見的所有光景。

件撥開竹林出現了。很像人工做出來的恐怖形體，直直瞪視著時守，從容不迫地張開了嘴巴。

『你將失去所有、被奪走一切。』

妖怪的眼睛眨也不眨，閃閃發光。

『那個女孩會奪走你的命，也會奪走那個即將誕生的生命。』

件說完，猙獰地笑了起來。

新的預言讓時守心碎了，件很滿足地看著這樣的他。

——殺了她……

眼睛像件般閃閃發光的時守，用力掐住冰知的手臂，低聲嘶吼著。

——殺了……螢……

只要她活著，就會奪走時守的一切。連成為時守心靈支柱的女孩、即將誕生的生命，也都會被奪走。

可是冰知違抗了時守的命令。他不能那麼做。即使是時守說的話，他也不能聽從。

於是，時守又下了新的命令。

他命令冰知把死後的他供奉為神。

抱著怨懟、憎恨而死的他，將成為禍神。他要成為神，取得力量，到時非殺了螢不可。

「時守大人留下那樣的遺言，就自己割斷了喉嚨……」

——過……來……

時守留下的遺言，是他用最後的力氣對冰知下的咒語。冰知沒辦法抗拒那個咒語。

他不知道時守絕望到這種地步，也不知道時守痛苦到連人類的心都喪失了。

最大的原因是件。

「件的預言一定會成真……妳將奪走他的一切，還有即將誕生的生命。」

時守無法阻止這些事。

螢不回鄉的話，命運說不定會改變。可是螢回來了，還帶著安倍家的孩子。

「原諒我，螢，我是時守大人的現影。」

救不了主人的現影，選擇把時守供奉為神，終生成為他的使者。他不再是效忠首領家族的現影，而是遵從神的旨意行動的式。

「…………………」

螢滿臉驚愕聽著冰知的告白。

那表情就像小孩聽到不可思議的事、聽到難以理解的事，頭腦一片空白。

不想看、不想聽、不想說話的小孩，抱頭蹲踞在黑色的迷霧中。

沒辦法，那個人不在了。

每次發生這種事，就會衝過來抱住她的那雙手不在了。會在她耳邊輕聲說沒事的聲音不在了。

那聲音會告訴她，不必看、不必聽、不必說。

心臟跳得好快。

扭曲變形的心，藏在黑色迷霧底下。

她真的、真的很喜歡哥哥，所以——

「……哥哥……」

好不容易擠出來的聲音，顫抖得好厲害。

她用嘎答嘎答抖動的雙手掩住嘴巴，忍受蟲子在胸口激烈鑽動的疼痛。

心跳急速，迷霧散去了。

她想起背部的灼熱劇痛、應聲滾落的短刀、夕霧沾滿血的手。

紅色火焰照亮四周。
大叫「住手」的是時守的聲音。
住手，夕霧，住手、住手。
——不要妨礙我……
把蠶食生命的蟲子植入螢體內的人是——
「哥……哥……哥哥……」
夕霧想在蟲子鑽進體內最深處前，把蟲子挖出來，結果被時守關進了竹籠眼的籠子裡。
其實，螢都看到了。她看到不知道與哪裡相連的黑色竹籠眼，被紅色火焰吞噬了。
時守獰笑著。看著瀕死的她，獰笑著。
那張臉好像件，目光炯炯地獰笑著。
「唔……！」
時守的咆哮聲，在強勁的暴風雪中迴盪。
——螢、螢、螢！螢、螢、螢！都怪妳………！
都是因為我的存在、我的存在。
「……啊……」
螢的腳一軟，跪了下來。她的呼吸急促，眼睛眨也不眨地抖動著。

「為……什麼……」

我什麼都不在乎了。

只有一件事例外。

這件事我無論如何都想問。

你從什麼時候開始討厭我？從什麼時候開始恨不得殺了我？

記得以前我作過惡夢。當時我對你說不記得內容了，其實我記得。

我夢見兩隻手勒住我的脖子，扯斷我的喉嚨、血管，要讓我斷氣。

難道那是你嗎？那麼，從那時候起，你就一直在等待機會嗎？

不對，那並不是開端。

小時候，我就經歷過好幾次可怕的事，一次又一次。

我只是假裝沒看見、假裝沒聽見，什麼也沒說。

我只是閉上眼睛、摀住耳朵、保持緘默。

——是的。

我的心總是蒙著黑色的迷霧。

「那麼……為什麼……」

從狂亂的那天晚上起，螢的心就凍結了。原以為再也不可能解凍的心，被過於殘酷的事實，一點一點地敲碎了。

淚水從她張大的眼睛湧出來，被暴風雪吹散了。

「為什麼……不告訴我……！」

哥哥、哥哥！

「只要……你告訴我……」

她想幫助哥哥。她想成為哥哥的左右手。她想實現哥哥的願望。

掩住臉哭泣的螢，在絕望中吶喊：

「只要……你叫我去死……我就會……！」

心跳撲通撲通鼓動著。

既然這麼……

——來……來啊……

既然這麼想殺了我。

我就讓你殺——。

——……抓到了。

7

從那嘻嘻嗤笑的遠方，

傳來美麗、恐怖、令人毛骨悚然的歌聲。

◇　◇　◇

在左手臂鑽來鑽去，隱隱作痛的灼熱，愈來愈猖狂，削弱了氣力。

白毛裡被刻劃了竹籠眼的小怪，在黑暗中咬牙切齒地咒罵著：

「真是……太可惡了！」

冰知畫出來的竹籠眼，瞬間纏住小怪，把它吸進了人界之外的次元。

周遭充斥著與蠱子相同的邪氣。這恐怕是蠱使做出來的空間。

在這之前，小怪一直以為蠱使是夕霧，不料判斷錯誤。

「該死的冰知……」

小怪露出可怕的眼神，低聲咒罵時，有東西咚吵掉在它旁邊。

散發著血腥鐵鏽味的東西，好像是個人。

被竹籠眼困住的小怪，在全身像壓著鉛塊般的高壓下，花了很長的時間，才把頭轉向東西掉下來的地方。

在黑色迷霧般的邪氣裡低聲呻吟的人，跟小怪一樣，全身都被黑色竹籠眼覆蓋了。

定睛注視的小怪，看到襯托出黑色竹籠眼的白色頭髮，皺起了眉頭。

「夕霧……？」

不知道為什麼，受了傷的夕霧被吸進了這個地方。

灼熱疼痛的左前腳，完全不聽小怪使喚。每次它想抓抓自己的脖子或肚子時，那隻腳就會跟它作對，突然彈跳起來。

這時候，它會用右前腳壓住左前腳，使出通天力量把鑽動的蟲子鎮住，可是也快撐到極限了。

即使擁有十二神將中最強的通天力量也沒用，它被迫在體內飼養了蠶食神氣的蟲子，現在四肢又被吸取通天力量的黑色竹籠眼五花大綁，就像走到了最後關頭，正不斷與呼吸一起吸入邪氣。

不趕快想辦法清除蟲子，從這裡逃出去，就會陷入很可笑的窘境。

「……唔……螢……」

痛苦呻吟的夕霧拚命掙扎，想剝開深深嵌入他脖子的竹籠眼。

「喂，夕霧。」

聽見咆哮般的叫喚，夕霧停止掙扎，找到被黑色迷霧般的邪氣籠罩，看不清楚的小怪。

「十二……神將……」

「這件事你知道多少？怎麼會變成這樣？」

夕陽色的眼眸，氣得閃閃發光。

「這次你非把事情說清楚不可！那個攻擊安倍家人、操縱疫鬼的術士到底在哪裡！」

小怪憤然逼問，夕霧支支吾吾地說：

「所有事的起因……是件……」

忽然，一陣寒意撫過小怪的胸口。夕陽色的眼眸泛起不安的神色。

以前是不是在哪聽過類似的話呢？

心跳異常加速。總不會是？

看到小怪的反應，夕霧覺得很奇怪，但還是繼續說下去。

「螢出生的那天晚上，時守聽到了件的預言。」

件。

驚愕的小怪啞然失言，腦中瞬間閃過五十多年前的凶事。

「預言束縛了時守的心，在他體內慢慢種下瘋狂的種子……」

直到發生慘劇那夜，夕霧才知道這件事。

夕霧到指定場所時，時守面無表情，呆呆望著水面。沒多久，發現夕霧來了，他像鬼魂般搖晃著身子，劈頭就問：

——預言不能推翻嗎？

夕霧聽不懂他在說什麼，疑惑地皺起了眉頭。接著，時守又發出開朗得很不自然的笑聲，讓夕霧不知所措。

到底怎麼回事？夕霧偷偷觀察他。回頭看著夕霧的時守，露出不像人類的表情，嗤笑著說：

——那麼，還是得殺了她。

要不然，螢會奪走我的一切。

——這是件的預言，我沒有其他選擇了。

然後，沒等夕霧開口問，時守就自顧自說起來了，說他有多恨螢、有多討厭螢。

沒有螢該多好。都怪螢不好。都怪螢、都怪螢、都怪螢、都怪螢、都怪螢。

那是精神已經錯亂的人的瘋狂言靈。

時守是個陰陽師。被指定為神祓眾的下任首領，從小就展現出類拔萃的資質，是大家公認的優秀術士，卻用那麼狠毒、不堪入耳的話來咒罵妹妹。

螢、螢、螢、螢、螢、螢、螢、螢、螢、螢。

時守每叫一次螢，他周邊就會出現嘰嘰喳喳的蟲子滿地爬。蟲子沉入土裡，擴散到整個秘密村落，結界都快要變形了。

螢。每叫一聲，這個詛咒就會變成蟲子，把螢引來這個地方，就像兔子自己跳進了陷阱裡。

螢。時守反覆叫著。注入了最大極限的邪念。

兩邊的法術相互撞擊，螢被捲進去昏倒，時守搶先一步接近她。

他從螢脖子根部的靈力穴，把蟲子打進去。蟲子大舉入侵到肌膚下面，朝中間稍微偏左的心臟移動。

必須在蟲子到達那裡之前，把蟲子清除。使用法術太花時間了。

夕霧是現影。現影可以替主人承受詛咒，使詛咒失效。但是蟲子的邪念太強大了。光靠白髮、紅眼與生俱來的力量，救不了螢，必須直接捕捉蟲子。

夕霧身上只有被任命為現影時獲賜的短刀。

以保護螢為己任的現影，為了保護她，割開了她的背。

被他突如其來的動作嚇得思緒混亂的螢，問他為什麼這麼做，他也沒有時間回答。

而且，看到螢被這樣對待，還不肯面對現實，強迫自己繼續傾慕時守，他真的覺得螢好可憐，難過得不知道該說什麼。

可是，沒多久，時守放出來的竹籠眼就貫穿了夕霧的胸膛。

他的記憶就此中斷了。

醒來時，就跟現在一樣，他被幽禁在繭般的狹窄空間，周遭充斥著黑色迷霧與禍氣。

夕霧眼中只有生命垂危的螢，對時守來說，要封鎖這樣的夕霧，把他送到其他次元，是輕而易舉的事。

他好不容易從那個地方逃出來時，已經是那晚的五天之後了。

正打算回鄉時，才知道所有罪行都算到了他頭上，他背負了逆賊的汙名。

他被陷害了，又沒辦法說明，只好逃開同族的人。

無論如何，他都想證明自己的清白。他想控訴，事實不是這樣，所有事都是時守做的。

可是——

「我發現……螢如果知道，可能會崩潰。」

神祓眾的所有人、長老們以及小野首領，說法都一樣。

說螢能力強、堅韌、有耐力、有毅力。他們不是不知道她的努力。他們看到的不只是她的才能，還有她認真努力的模樣，才會給她這樣的評價。

然而，夕霧知道，她是多麼纖細、多麼專情、多麼害怕孤獨。

她愈努力，與哥哥之間的距離就愈遙遠。這件事天知道她有多麼掙扎。

為了協助哥哥而學習的所有東西，竟然會危及哥哥的立場，叫她如何想像得到呢？

割傷她的背部、殺了時守，從此行蹤不明的夕霧，已經成了逆賊，很難再直接保護她了。

告訴她事情真相，還不如讓她把夕霧當成仇人憎恨，這樣反而能成為她的精神糧食。夕霧發覺虛假的事實，比殘酷的真相更能支撐她的心靈，所以決定背負那樣的汙名。

然而，這麼做對嗎？

在遠處守護著她的夕霧，在她陷入危險時，都會忍不住出手救她。每次救她，她都會呼喚夕霧的名字。從小以來，她一直是這樣。不管變得多麼高強，她還是會隨時搜尋夕霧的身影。

試圖剝開嵌入脖子的竹籠眼的夕霧，手上也被印上了相同的圖騰，他氣喘吁吁地抓撓著。皮膚被指甲抓破，滲出血來，他還是不停地抓。

小怪的呼吸慢慢變得急促，真的快要撐不住了。

左前腳從肘部以上，微微顫抖起來。在這之前，侵犯界限一直沒辦法跨過肩膀的蟲子，數量不斷增加，開始擴大範圍。

因為這個空間的禍氣，會耗損小怪的體力，相反地，讓蟲子活躍起來。

「無論如何……要先脫離這裡……」

否則會像螢那樣，被體內的蟲子蠶食鯨吞。

小怪是十二神將，所以要經過很長的時間，體力才會像人類那樣，被消耗到危及生命的地步。但神將並不是不死之身，也不能太樂觀。

有沒有什麼法子呢？

小怪甩甩太疲憊而思考變得遲鈍的頭，絞盡腦汁思索。這個空間是時守的禍氣製造出來的。雖然他被供奉為神，但以前畢竟是人類，使用法術的原理應該與人類相同。

是法術，就能破解、反彈回去。小怪是神將，不會使用陰陽師的法術，要破解很難。那麼，只能反彈回去。但這麼做，還是要同樣使用這種法術的陰陽師才能發揮功效。

既然這樣——

「就強行突破吧……」

被製造出來的空間是封閉的。禍氣不斷瀰漫小怪他們周遭，時間愈長濃度愈高。因為沒有出口，是完全密閉的空間。

法術製造出來的空間，只要使用比充斥裡面的氣更強、更猛的氣炸開，就會從內部爆裂。

小怪只要恢復原貌，使用神氣炸開，就能擊破時守之神製造出來的這個繭般的空間。

問題是——

它瞥一眼正在抓竹籠眼圖騰的夕霧，猶豫不決。

十二神將中最強的騰蛇，如果使出全力讓神氣炸開，很可能在繭爆裂的同時，這個男人也會受到相當程度的重傷，搞不好還會沒命。

更何況——

「…………」

左前腳的蟲子，也未必會乖乖聽話。

怎麼辦呢？

在它視野角落的夕霧，咬牙切齒地站起來。緊緊咬住的嘴唇，滲出血來。滿滿的禍氣貪婪地向血滴聚集，興奮地顫動著。

血是精氣的凝聚體，禍氣會威脅裡面滿溢的生命，把精氣奪走，轉化成完全相反的東西。

左前腳劇烈顫抖。同時，黑色迷霧般的邪氣，從所有毛孔噴出來。皮膚彷彿從裡面被強行扒開，痛得小怪呱呱大叫蹲下來。左前腳突然彈跳起來，差點擊潰小怪的左眼。

「哇……！」

小怪來不及反應，幸好那隻腳在距離眼睛一根頭髮的地方停下來了。

是夕霧的手抓住了小怪的腳。

肩膀上下起伏喘得很厲害的夕霧，手指用力抓住了抖個不停企圖掙脫的小怪的左前腳。連他的手指都浮現了細微的竹籠眼，那些圖騰不斷增加，幾乎快掩蓋他全身了。

他盯著小怪，用低沉的嗓音說：

「是蟲子嗎？」

「是的。」

這麼回答的小怪，眼皮顫動了一下。像是從夕陽裁剪下來的紅色眼眸，閃閃發亮。

它低聲詢問抓住它的腳的夕霧：

「你剛才說你可以使蟲子失效？」
白髮紅眼睛的夕霧默默點頭。
在充斥著黑色禍氣的空間裡，只看得見紅色與夕陽紅的兩雙眼睛。
「那麼，可以清除竊據這隻手臂的蟲子嗎？」
這不是徵詢，是確認。夕霧更加把勁壓住那隻腳，喘著氣說：
「做是做得到，但是……會很痛，你忍得住嗎？」
小怪傲慢地笑著說：
「神祓眾的現影，你明知在你面前的異形的真正身分，還說這種話？」
雖是嬌小的異形模樣，那抹笑容卻很犀利，不愧是被稱為最強且最兇的十二神將火將騰蛇。
十二神將居眾神之末。
時守被供奉為神的日子還不長。十二神將雖然敬陪末座，但活過幾千年的歲月，真要短兵相接，時守還是很難有勝算。
身為人類時的時守很聰明。現在變成禍神，應該還是一樣聰明。
他憎恨螢、憎恨螢的一切，所以凡是跟螢相關的人，他大概也都想消滅吧。
夕霧透過施加在自己身上的竹籠眼咒術，看到時守與冰知做了什麼。

發生慘劇後，好不容易才康復的螢去了京城。冰知聽從時守的命令，在背後運籌帷幄。

皇上對安倍家族產生懷疑，尋求其他派別的陰陽師，對時守和冰知來說，應該是很幸運的偶然。

以前認識的大帥伊周來找陰陽師時，冰知推薦了自己。

然後，他把安倍家族徹底逼入了絕境。還巧妙利用許多重疊的偶然，封鎖了安倍家族的行動。

小怪忽然甩了甩耳朵說：

「回答我一個問題。」

氣喘吁吁的夕霧，只能把視線轉移到小怪身上。白色異形嚴肅地說：

「你為什麼在京城攻擊了昌浩？」

這個問題有點唐突，現影微微張大了眼睛，然後帶著苦笑，對疾言厲色的小怪說：

「我是想測試他有沒有能力保護螢。」

還有確認神祓眾想取得的天狐之血的力量，究竟有多強勁。

螢將會擁有那股力量，如果太危險，他無論如何都要阻攔。遺憾的是，在昌浩啟動天狐力量之前，就被螢本人阻止了。

聽完夕霧的答案，小怪一臉難以形容的表情。根據同袍天一的描述，夕霧可一點都不像在測試昌浩的能力，散發著強烈的殺氣。

「你是想殺了他也無所謂嗎？」

「沒錯。」

回答得乾脆俐落的現影，一隻手抓著小怪的腳，另一隻手緩緩結起了刀印。那隻手的手指也浮現出無數的細微竹籠眼圖騰。

小怪搖搖尾巴，對正要調節呼吸的夕霧說：

「蟲子消失後，我會毫不客氣地摧毀這個繭。」

「隨便你。」

「我可不保證你能活著。」

言外之意在告訴夕霧，它的神氣有多強。現影瞪著小怪的紅色眼眸，閃爍著強烈光芒。

「別瞧不起人，十二神將。」

守護小野血脈的現影，都有一身好法術，還要承受種種詛咒。擔任這個任務的人，都有與生俱來的白頭髮、紅眼睛。

往往被當成異形的外貌，是現影的驕傲。保護首領血脈的特異能力，是他們生存的意義。

因此，冰知殺不了時守，還聽從他的要求，把他供奉為神。

同樣身為現影的夕霧非常能理解，冰知只是一心想著，起碼不能讓被預言束縛、被憎恨困住的時守成為惡靈。

由於沒有察覺時守的苦惱，冰知被奪走了其他所有的選擇。

那麼，夕霧為什麼在這裡？又是為了誰？

宛如幽微虛幻的火光，
滯留在胸口。
——螢火蟲。

8

◇　◇　◇

月光照耀著生人勿近的森林，成親在森林裡專注地激發自己所有的靈力。

侵入喉嚨底部的疫鬼，已經跟成親融合，潛藏在體內。

這是對安倍成親下的奪命詛咒。

只要把「這是詛咒」當成言靈說出來，這件事就會變成詛咒。陰陽師的言靈具有強大的力量，可以讓無形變成有形。

成親感覺螢用來凍結疫鬼的法術，正逐漸減弱。一定是她出了什麼事。

等等啊，螢，再等一下。法術現在解除的話，我就穩死無疑了。

這麼一來，被封鎖在體內的邪氣，就會失去控制，一舉湧出來。

絕不能讓安倍家的森林被邪氣污染。

盤坐、雙手合十、閉著眼睛的成親，叫喚坐鎮西方位置的弟弟。

「昌親——」

「是。」

仰望著快升到天頂的月神的昌親，慌忙轉向哥哥。他的任務是，在滿月升到天頂時，把哥哥當成依附體，請神降臨。

現在的成親，無法靠自己一個人的力量把詛咒反彈回去，必須請神降臨，借用神的力量。同時，昌親和三名神將也會把力量注入成親體內。

即使這樣，萬一這些力量集合起來，還是贏不過對方術士，詛咒的反彈就會失敗，所有法術都會反彈到現場所有人身上。

也就是意味著，成親將會死亡。

「是，哥哥，什麼事？」

昌親的聲音與平時不一樣，僵硬、沒有抑揚頓挫。成親淡然命令弟弟：

「如果詛咒的反彈失敗，在邪氣噴出來前，就把我跟疫鬼一起殺了。」

「這……！」

天一倒抽一口氣，臉色發白，雙手掩住嘴巴，用求救的眼神看著斜前方的朱雀。十二神將朱雀也大驚失色，嚴肅地注視著成親。

十二神將天空望向閉著眼睛的成親，凝然不動。他早已猜到，成親遲早會說這句話。

毅然決定今晚一決勝負的兩人，在穿上白色狩衣時，就充分展現了決心。神將們無法制止，也阻止不了他們。因為神將們知道，即使主人在場，也不會勸阻他們。

去年春天，黃泉瘴穴被鑿穿時，昌浩穿上黑色狩衣，抱定必死決心前往出雲，安倍晴明也沒阻止他。

神將們都還記得，晴明答應昌浩悲痛的要求，默默送他出門時的背影。

昌親默然望著哥哥的側面，沉穩而平靜地回答：

「是──」

成親聽到他的回答，閉著眼睛淡淡一笑。昌親也微微一笑。

月亮升到正上方了。

昌親拍兩次手，閉上眼睛。

「啊，奉迎恭請月神，」他念的是請神的祭文：「降臨神所在之位置。」

神的力量會降臨到成親身上。但是，神可能會把寄宿在他體內的疫鬼的邪氣視為污穢，不願意降臨。

昌親繼續詠誦。

「八方神息，神感息徹，長全大分之一，六可之靈結。」

全心全意詠誦的昌親，額頭冒出珠玉般的汗水。

「水者形體之始，神者氣之始，水者精之本，神者生之本也。」

成親邊聽著弟弟念的咒文，邊探索沉入自己體內深處的疫鬼。

清除的機會恐怕只有一次。失去這次機會，就沒救了。

「五火四達長幸之堅，五木下立遠年之台，三土昇氣風感之速，白方金光入幸之全。」

然而，成親並不想就此結束生命。

他全神貫注，只想著一件事。那就是使出全力，加上神的力量，把疫鬼、邪氣、痛苦、折磨，全都反彈回去給惹火了安倍家的術士。

如果自己的力量輸給那個術士，那麼，就到時候再說了。凡事該怎麼樣，就會怎麼樣。

在生命關頭，他下定決心，計算時間、選擇場地，盡全力做好了準備。

盡完人事後，只能聽天命了。

「請帶來金木水火土之神靈、嚴之御靈。」

在昌親念完咒文的同時，成親拍響了手掌。

◇ ◇ ◇

黃泉的送葬隊伍扛著棺木，由唱歌的女人帶頭，緩緩走向昏暗的岸邊。

從棺木拉出了細細的銀線。昌浩緊跟著銀線往前跑。

黃泉的鬼們擋住昌浩去路，從四面八方伸出手來抓他。

昌浩扭動身軀，邊閃躲邊大叫：

「臨兵鬥者，皆陣列在前！」

揮出的刀印，化成白銀刀刃，一刀砍向擋住去路的鬼們。

被砍斷的鬼手鬼腳彈了出去，被砍斷的上半身也飛了出去。

昌浩又橫掃刀印。

「禁！」

這個法術禁止眾鬼們佇立前方，只能不停地往前跑。被施了法術的黃泉之鬼，從旁側、斜側、後側伸出手來，企圖抓住昌浩的腳。

昌浩注意群鬼的行動，小心不被抓到，跟在隊伍旁邊奔馳。

銀線不斷延伸，像是在引導昌浩。那條從棺木拉出來的線，宛如是把躺在棺木的某人強留在這世上的最後希望。

有人在呼喚躺在那個棺木裡的人，叫喊著：

不要走。
不要走。
回來。
拜託。
誰來救救她。
不要讓她被帶走。
救救她——！
昌浩清楚聽見，顫抖的線傳來這樣的叫聲。
《一……》
女人唱著歌。令人生厭的美麗歌聲，帶給鬼們新的力量，更緊盯著昌浩的腳，死纏不休。
《二……》
昌浩在半空中畫出五芒星，擊碎纏繞腳邊的邪氣後，在眼前架起刀印。
「其去處未可知，停下步伐，阿比拉嗚坎！」
在附近的鬼們，突然站住不動，像推骨牌般一一倒下。
這是禁咒。啊，對了，昌浩想起第一次使用禁咒，是為了追牛車妖怪。

可是法術沒有遍及所有的鬼，送葬隊伍還是不斷往前進。響起的波浪聲，聽起來好遙遠。

昌浩拋下倒地的鬼們，繼續追沒停下來的送葬隊伍。

冒著淡綠色鬼火，在京城大路疾馳的妖車，如果在這裡該多好，轉眼間就可以追上那具棺木和帶頭的女人了。

「可惡……！」

這麼想的昌浩，忽然聽見後面有聲音說：

「別忘了，這裡是夢殿。」

他猛然回頭，看到榎岦齋不知道什麼時候跟著他跑起來了。

榎岦齋對滿臉問號的昌浩，眨個眼睛，笑著說：

「我是瞞著官吏偷偷來的。聽好，這裡是夢殿，夢會成為現實，想法也會成為現實。」

因為夢就是這樣。

只要用力想，就會成為現實。

人不睡著，就不能來夢殿。這裡是神與死者居住的地方。這裡會吹起黃泉之風，偶爾還會出現妖魔鬼怪。

沒錯，連妖魔鬼怪都會棲宿在這裡。

昌浩張大了眼睛。

真的嗎？真的可以嗎——可是……

這裡是夢殿。

「車……」

夢即現實，現實即夢。在現實裡看到的東西，也會在夢裡出現。

「車之輔——！」

銀線在如推骨牌般倒下的送葬隊伍的縫隙間閃爍，微小的光芒與突然亮起來的淡綠色微光交疊。

剎那間。

在逐漸遠去的後方；在鬼們如推骨牌般倒下而蠢蠢蠕動的黑暗中。

牛車突然噴著淡綠色的鬼火，踢散掙扎的眾鬼們，從中間快速衝出來。

車轅比一般短的牛車，發出嘎啦嘎啦聲響，穿越了送葬隊伍。

浮現在大車輪中央的可怕鬼臉，從眼睛濺出很大粒的淚珠。

《主人——！》

「唔……！」

聽見懷念的嘎啦嘎啦聲響，昌浩張大眼睛，倒抽一口氣，難以置信地回頭看。

《主人——！在下聽見了、在下聽見了，在下聽見了主人的呼喚聲，聽得一清二楚！》

喜極而泣的車之輔，直直衝向了昌浩。

《在下是主人唯一的式！只要主人叫喚，無論哪裡，在下都會趕到！即使不是人世！所以在下來了，來到主人身旁了！》

那個聲音說，它聽見呼喚，所以來了。那個聲音以身為昌浩的式為傲。

「我聽見了……」

與昌浩並肩奔跑的岦齋，聽見他顫抖的低喃聲，微微瞇起了眼睛。

昌浩的腳步慢了下來。以前怎麼祈禱、怎麼期盼，都聽不見的聲音，現在聽見了。大家都聽得見，只有他聽不見，不知道讓他懊惱了多少次。

車之輔跑到速度減慢的昌浩身旁，掀開後了車帘。

《主人，請坐上來！主人？您怎麼了？主人?!》

看到昌浩眼眶溼潤的車之輔，嚇得差點跳起來。

昌浩急忙擦拭眼角，強裝沒事的樣子搖搖頭，繞到車之輔後面，抓住車體跳上去。

岦齋跟在他後面，鑽進車內。

昌浩掀開前車帘，抓著柱子，指著前方說：

「車之輔！繞到前頭！」

《是！》

牛車在淡綠色鬼火照亮中奔馳；載著昌浩，像那次那樣奔馳。

昌浩緊抓著柱子，後車帘高高揚起。妖車綻放的鬼火，像是最能鼓舞人心的燈火，照亮了昌浩前進的路。

車之輔時而撞開送葬隊伍的眾鬼們，時而助跑跳過它們，或是利用鬼火讓它們眼睛昏花，趁機穿越隊伍，朝著扛棺木的那群鬼和帶頭的女人疾馳。

「喔，第一次坐到這麼快的牛車。」

岦齋悠哉地說著，打開小窗，觀察後方狀況，把刀印伸出窗外。

「禁——」

追上來的眾鬼們，被施了法術，當場像推骨牌般啪噠啪噠倒下去。這是禁止前進的法術。

牛車很快趕過那群鬼，轉眼就與前頭並排了。它畫出弧線，繞到隊伍前方停下來，擋住隊伍的去路。

昌浩和岦齋從車內跳下來，擋在女人面前。

披著衣服的女人，揚起嘴角嗤笑著。

《一……》

車之輔回頭一看，黑色波浪竟然在不覺中逼近了車輪。

《咿……》

全身顫抖的牛車的尖叫聲響徹雲霄，與女人的數數歌交疊，扛棺木的鬼們依然緩緩往前走。跟在後面的黃泉之鬼們，形成扇狀，包圍了昌浩他們。

被波浪與送葬隊伍夾在中間的昌浩，無路可走了。

岦齋在昌浩耳邊低聲說：

「喂，怎麼辦？走投無路了。」

昌浩只轉動眼睛確認狀況。並排的眾鬼們，加強半圓形的包圍，停止所有動作，等待女人的指示。

女人嗤笑著，從衣服底下看著昌浩。可以感覺她的神情充滿嘲諷。

從棺木延伸出來的線，微微顫抖搖晃著。昌浩發覺，線變得比剛才細，好像快撐不住了。

送葬隊伍再更接近黃泉，那條線一定會斷掉。昌浩終於明白了，線如果斷掉，棺木中的某人就會完全沒入黃泉。

女人緩緩張開嘴唇，抖動喉嚨唱著：

《一……》

歌聲一再響起，重複再重複，現場的禍氣就愈來愈濃烈，從遠處召來黃泉之風。如漲潮般拍岸而來的波浪，也逐漸增高，呈現洶湧的氣勢。

呼吸好困難。這裡應該是快要脫離夢殿的盡頭之地。

時間不多了。如何才能顛覆絕對性的人數差異，把屬於黑暗的人打回黑暗？

《六……》

女人唱的是黃泉的數數歌。

這裡是盡頭之地，然而車之輔還是來了。

那麼，神應該也聽得見他的聲音。

「…………」

昌浩用力深呼吸，拍響雙手。

「即刻以天津奇鎮詞……」

既然，唱黃泉之歌，能招來黃泉之風、喚起黃泉之波，形成送葬隊伍。

那麼，用與神相通的言靈，唱天之數數歌，消弭一切就行了。

「平息諸多悲哀、痛苦、恐懼、動搖之心。」

《咦……?!》

女人忽然喘不過氣來，雙手按住喉嚨。

《……噎……噎……》

她試著從喉嚨擠出聲音，但擠不出來，只發出微弱的呼氣聲。

眾鬼們大驚失色，騷動起來，猛然往後退，發出咆哮聲，用憤怒的猙獰表情瞪著昌浩。

倘若張著眼睛，恐怕會被太過可怕的面貌嚇得不能呼吸。

但昌浩閉著眼睛，在腦裡描繪可能降臨此地的神明的莊嚴光芒。

他看著閃亮的碎片，如銀白色的雪般，無聲無息地飄落堆積。

「幸魂、奇魂、和魂、空津彥、奇光。」

光的碎片在黑暗中閃爍，隨著昌浩的歌聲緩緩落下，車之輔看得目瞪口呆。

無數的銀白色碎片，從昏暗的空中飄落，悄悄堆積在他們和黃泉送葬隊伍的身上。

最令車之輔驚訝的是，碰觸到閃閃發亮的銀白色美麗碎片的鬼，會無聲地痛苦掙扎，最後嘩啦嘩啦地崩潰瓦解。

打上來的波浪，濡溼了車之輔的車輪，也濡溼了岦齋、昌浩的腳。

洶湧的昏暗波浪，被銀白色的碎片鎮壓，緩和地沖上岸來，捲走了眾鬼們最後的悲慘模樣。

「天之火氣、地之火氣，晃啊晃、搖啊搖。」

《……唔……唔！》

女人雙手抓著脖子，滿地打滾。

「一二三四五六七八九十、百千、萬。」

扛著棺木的鬼和女人，都僵住了。

響起了拍掌聲。排成黃泉送葬隊伍的所有人，彷彿以第二次的拍掌聲為信號似的，與銀白色的雪同時崩潰瓦解，被波浪吞噬了。

昌浩呼地喘口氣。

車之輔默默望著張開眼睛的昌浩的背影，微側著臉，開心地說：

《在下等您回來。》

昌浩訝異地回過頭，看到飄落的銀白色碎片，薄薄覆蓋了車頂，車體似乎逐漸變透明了。

「車之輔。」

《在下會一直在戾橋下等著您。》

「嗯……」

昌浩說不出話來，只點了個頭。車之輔把臉皺成一團，笑了起來。從滿是皺紋的眼角，滾落出大顆淚珠。

《可以蒙您召喚，在下真的很開心，主人……》

沒多久，只剩下了昌浩和岦齋。

扛棺木的鬼們的視覺暫留影像消失，沉甸甸的棺木失去支撐掉下來。

濺起飛沫掉下來的棺木，發出咚隆巨響，蓋子稍微滑開，露出裡面的人的衣服，還有緊緊握起拳頭的小手。

吃驚的昌浩反射性地轉頭看。岦齋倒抽一口氣，立刻衝過去，抱住棺木，遮住縫隙。

「陰陽師大人？」

昌浩搞不懂岦齋在做什麼，不解地皺起眉頭。

岦齋趕緊把棺木的蓋子推回去，喘口氣說：

「官吏嚴格下令，不能讓你看見……」

他縮起肩膀，轉頭看著昌浩說：「你看見了，會改變很多人的命運……不要承擔這麼大的責任。」然後，安撫昌浩說：「對吧？」笑了起來。

昌浩張大眼睛看著岦齋那張臉，覺得很像誰。

「怎麼了？」

榎岦齋疑惑地皺起眉頭的模樣，真的很像昌浩剛才看到的某人。

在這個夢殿最先看到的光景，是某個村落，有個孩子出生了。周圍有產婆、母親、父親、看似祖父的老人。

那時候，有人氣喘吁吁地衝進來說：

——不好了……！

昌浩注視著岦齋，半茫然地低喃著：

「……件……」

一隻手擺在棺木上的岦齋，表情緊繃起來。失去血色的臉，還有些抽搐。

沒想到岦齋會是這種反應，昌浩驚慌失措。岦齋注意到他的表情，嘆口氣，用指尖抓著額頭上的髮際說：

「是不是有點像？」

他沒說像誰。昌浩猶豫了一下，輕輕點點頭。

祖父的好友岦齋，沉穩地瞇起了眼睛。

「那是我出生當天……件出現了，說了預言。」

那個預言是針對剛出生的嬰兒。

真的是很可怕、很悲哀的預言。

聽完預言，榎的母親泣不成聲，父親和祖父也啞然失言。

件的預言，怎麼掙扎也躲不開。

波浪聲逐漸遠去。帶來波浪的黃泉之風靜止了，所以波浪也退回比晝頭更遙遠的地方了。

岦齋遙望著昏暗遠方，像唱歌般地說：

「件的預言一定會成真……預言會束縛人的心靈、生命，沒多久就會帶來預言的命運。」

昌浩的胸口一陣冰冷的紛擾。

預言。

是它攪亂、扭擰事情應有的原貌，把事情引向它所說的結果吧？

「我敗給了件……中間一度以為我贏了。」

岦齋苦笑著，看看自己的右手，然後把手擺在左胸口。

昌浩知道，他的那地方，很早以前被挖空了。因此雙手沾滿鮮血的十二神將，到現在都很懊悔。

「是件的預言……」

是件的預言改變了這個人的命運嗎？那麼，件是不是也改變了祖父、十二神將們的命運？

岦齋似乎從昌浩嚴峻的表情，看出他在想什麼，搖搖頭說：

「件的預言，也有帶來一些好事。」

「咦……」

男人豎起指頭，抿嘴一笑。

「首先，我決定不輸給預言，為了得到擊垮預言的力量，我又決定去京城。到京城後，遇到一個很有趣的男人，他擁有強勁的靈力，可是討厭與人接觸，很難親近，老是用無言的威嚇阻止他人接近，個性彆扭，臉又很臭。」

懷念似地瞇起眼睛的岦齋，說的應該是昌浩的祖父。

「我跟那個討厭與人接觸，很難親近，老是用無言的威嚇阻止他人接近，個性彆扭，臉又很臭的男人交談過後，發現他真的比我想像中更討厭與人接觸……以下省略。不過，假如沒遇見他，我就不能經歷那之後種種有趣的事。」

岦齋開懷大笑，抓抓昌浩的頭。

「我沒能顛覆預言，度過幸福的生活，還讓他為我難過到現在，我覺得很抱歉。可是，我自己倒覺得這樣也好。」

昌浩張大了眼睛。

「啊，不過，因為那個預言，我的確吃盡了苦頭，死後也很慘，真的很慘，也不是沒想過什麼時候才能脫離，總之，慘到不能再慘了，慘到我都快不行了……」

豈齋東張西望，確認沒有被偷聽，又接著說：

「多虧那時候遇見了那傢伙和她，我現在才能這樣勇敢地向前看，儘管對當時的事還是懊惱不已。」

因為件的預言會束縛人心，而那顆心，在死後也會遺留下來。

「我來到這裡，被押解到冥官面前時，腦中一片空白，不太記得發生了什麼事。」

豈齋似乎想起了當時的事，眼神茫然若失。

「你也知道，冥官那位老兄很可怕，我又不知道我什麼時候死了……思緒大亂，一度被打入境界河川，赫然覺醒後，他給我看了人界的現況。」

眼神茫然的豈齋，露出苦澀的表情。

當時看見的是絕望到幾乎崩潰的好友、勉強支撐著快崩潰的好友的十二神將、一直傾慕著好友的女孩。

「他看起來好難過，真的好難過、好難過……可是，我很開心。」

快崩潰的好友，終於因此跟那個女孩在一起了。然後，在不知不覺中，步入了與豈齋所說的理想人生一模一樣的生活。

他們兩人都不恨岦齋。把所有仇恨、憤怒，都轉向了束縛岦齋的預言，以及陷害他的智鋪宮司。不久後，把那些仇恨與憤怒，都埋入了心底深處。不只是埋起來，還隨著時間慢慢地遺忘、抹消了。

他們沒做錯，絕對沒做錯。

不只是被預言綁住的人，連這個人周遭的人的命運，也會被預言改變。

所以件的預言是禁忌，會帶來許多的不幸。

「我很幸運遇見了他們。他們沒有輸給預言，所以我也得救了。」

好友有支撐他的人、有跟他共度人生的人，這樣的結果也拯救了岦齋。

「若不是遇見他們，我敗給預言死掉後，可能還會繼續被預言困住，陷入仇恨、痛苦中。」

岦齋認為，預言真正恐怖的地方，應該是困住有強勁靈力的人，讓那個人死後也帶著一身邪念，沉入黃泉深處。

「聽官吏說，送葬隊伍來帶走的人當中，偶爾也會有被預言困住而死的人。不過，我除了自己外，還沒見過這樣的人。」

「那麼……」

昌浩瞠目結舌。

在小野時守面前出現了第二隻件。

「時守似乎一度戰勝了預言，那之後又有別的預言嗎？」

「這……」

岦齋剛張開嘴巴，就倒抽了一口氣，直冒冷汗。

昌浩循著他的視線轉過頭去，看到很遠的地方有個黑衣男人。

距離太遠，看不見他的表情。但不知道為什麼，感覺得到他銳利的視線。

「啊……呃……我不能再說更多了，對不起。」

「沒關係……」

雖然有種消化不良的感覺，但是他再不滿，也不能怪岦齋。

滿臉不悅，抿住嘴唇的昌浩，發現冥官走向了這裡。

昌浩腳下有延續的銀線，冥官似乎是沿著那條銀線來的。

銀線延伸到緊閉的棺木內。

冥官說他不能知道裡面是誰，可是他還是很想知道一件事。

「呃，陰陽師大人。」

「什麼事？」

「裡面的人會回到原來的地方嗎？」
他想這總可以問吧？可是岦齋的表情還是很複雜，皺著眉頭，沒說話。
看岦齋低聲嘟囔的樣子，冥官懷疑地看著他說：
「你在做什麼？」
「唔……呃……」
岦齋在冥官耳邊說了些什麼。冥官表情不變，瞥了昌浩一眼。
昌浩不由得挺直了背脊，心想那種事也不能問嗎？
可是岦齋似乎覺得，雖然他藉助了車之輔的力量，但畢竟是他幫了棺木裡的人，應該有權利知道能不能回去。
「很難說——」
冥官的答案令昌浩感到意外。
「咦？」
「要不要回去，端看本人的意願，我什麼也不能說。」
「…………」
昌浩不由得望向岦齋，他也默默點了點頭。
冥府官吏望著波浪聲遠去的彼方，淡淡地說：

「雖然是被黃泉送葬隊伍強行帶走，但要不要進入棺木內，還是由那人自己決定。硬拉回來，也很難說心會不會回來。」

「什麼……！」

昌浩差點撲上去揍人。冥官用力抓住他的額頭，攔住了他。

「聽我把話說完嘛，小子。我不知道那人會不會回去，但我並沒有說不放那人回去。」

掙扎著想撥開冥官的手的昌浩，眨眨眼睛，疑惑地問：

「你的意思是……？」

「我總不能把那人送去黃泉吧？我只能告訴你，我不會太虧待那人。」

「不會太虧待……？」

這麼喃喃反問的是，在後面苦著一張臉的岦齋。

冥官冷冷地瞄他一眼，放開了昌浩。

沒想到會被抓得那麼痛，昌浩低聲呻吟，狠狠瞪著冥官。冥府官吏瞇起眼睛，鄙夷地看著昌浩，揚起了一邊的嘴角。

他在笑。

昌浩搞不清楚那個笑容是什麼意思，提高了警覺。

面對這位老兄，警覺性愈高愈好。

「看在你為我工作的份上，就讓你看看件後來對我的子孫說了什麼。」

昌浩驚愕地抬起頭，冥府官吏細瞇著眼睛說：

「我倒要看看，你看過後會採取什麼行動。」

言外之意就是會給他看，要求他做個妥當的完結，讓他備感壓力。

雙手放在棺木上的岦齋，微微點頭示意。不管冥官怎麼做，有這個人在，事情應該就不會糟到哪去。

不知道是否看透了昌浩這樣的想法，一臉酷樣的冥官猛然伸出手來，把昌浩用力往後推。

失去平衡的昌浩向後仰，腳瞬間往後退，卻踩不到地面。後面是個大洞。

「咦……？」

昌浩直接掉進了黑漆漆的洞裡。

站在洞穴邊緣的岦齋，把手舉到眉毛上定睛凝視，尋找來不及慘叫就掉下去的昌浩。黑不見底的深淵，把昌浩完全隱沒了。

「陰陽師，你在做什麼？快來啊。」

邊轉身邊催促岦齋的冥官，表情跟剛才面對昌浩時完全不一樣，非常緊張。

「啊，是、是。」

兩人合力推開棺木的蓋子。

裡面躺著幾天前虛歲才剛六歲的當今皇上的大公主。

如白紙般蒼白的肌膚，冰冷得像蠟做的。身上也完全沒有體溫，穿著白衣服的模樣，看起來毫無生氣。

這裡是夢殿的盡頭。這裡只住著神與死人。活人只有在作夢時，才能來到這裡。自願進入黃泉棺木裡的她，已經失去了生存的意志。

即使硬把她送回去，她的心也不會回去。假如她自己沒有回去的意願，昌浩的奮戰就白費了。

岦齋抱起了脩子。冥官舉起神劍，把空棺木砍成兩半，讓棺木不能再使用。

轉身走開的冥府官吏，表情比平時嚴肅。岦齋在這個男人手下工作的日子不算短，第一次看見他這樣的表情。

狀況應該是很危急吧。

有什麼事要發生了。脩子活著會成為阻礙，所以送葬隊伍來帶走她。

躺在岦齋臂彎裡的幼小公主，右手緊緊握著。仔細一看，從她的拇指與食指之間，拉出了細細的銀線。

昌浩快要放棄時，碰觸到那條線，就奮力往前衝了。

把脩子留在這世上的東西，一定就是這條線。

女孩緊閉著眼睛，動也不動。岦齋輕聲對她說：

「不要再犯錯了……」

他自己犯了錯。因為犯了錯，現在必須繞一大圈子，才能回到原點。

他知道，每個人都會犯錯。他曾經犯過很大的錯誤。

所以他由衷希望，女孩不要再犯錯。

◇

◇

◇

張開眼睛的昌浩，一時沒察覺自己是被衣服蓋住了。

「哇……？」

身體沒辦法動、張開眼睛還是一片漆黑，都是因為他被衣服蓋住了，還被緊緊壓著。

他還以為是被樹枝之類的東西壓著。那東西很細，卻壓得很緊。

掙扎著想脫困的昌浩，聽見吐氣般的微弱聲音。

「昌浩……？」

聲音太小，昌浩花了一段時間才認出是勾陣的聲音。

原來困住他的東西，是勾陣的手臂。昌浩掀開衣服，發現勾陣是蹲下來趴在他身上把他抱住，不禁眨了眨眼睛。

昌浩使勁從她底下爬出來，看到包圍自己與勾陣的強烈邪念漩渦，還有阻絕邪念的神氣之牆。

那是勾陣放出來的神氣。那面保護牆離他們很近，與抱著他的勾陣的背部，幾乎只有一寸的間隔。伸出手，彷彿就會摸到保護牆外的禍氣漩渦，以及蠢動的疫鬼們。

保護著昌浩與勾陣的神氣之牆，是直徑大約三尺的半圓形狀。高約一尺，站起來就會撞到。

昌浩看著勾陣。她顯得有些疲憊，卻還是淡淡笑著，露出安心的表情。

「勾陣，我……」

「啊，太好了，你突然昏過去，害我不知道該怎麼辦，喉嚨怎麼樣？」

昌浩摸摸喉嚨，發現沒怎麼樣，聲音可以跟平常沒事時一樣發出來了。

在耳邊響起的嗓音，比他記憶中低沉，但聽起來又跟咳嗽咳到嘶啞時不一樣，感覺有點奇怪。

「嗯，好像好了。」

昌浩邊回答，邊想要不要把夢殿的事告訴勾陣。可是在夢殿發生的事太龐雜了，在目前這種狀況下，沒有時間慢慢說。

他回想昏倒前的事。那時他們被黃泉的邪念包圍，小屋四周也被大群疫鬼包圍了。

突然，他喉嚨緊縮，不能呼吸，看到一個年輕人，眼睛布滿血絲，凝視著自己。記

憶到此中斷。

醒來時，就在夢殿了。

現在他知道了。

那個眼睛布滿血絲的年輕人，是小野時守。

「圍繞秘密村落的結界裡，充斥著黃泉之風，還有大群疫鬼。騰蛇也還沒回來，我一直在等你醒來。」

如她所說，充斥著黃泉邪氣的小屋裡，到處都看不見白色身影。

「經過多久了？」

在夢殿，感覺過了很長的時間。看了好幾個過去的光景，還從黃泉送葬隊伍搶回了棺木。

「大約兩刻鐘……昌浩？」勾陣說到一半，忽然疑惑地問：「我好像感覺到一股妖氣……不可能吧……」

「車之輔的妖氣嗎？」

「是的。」

「嗯，我在夢殿叫喚它，它就來了。」

昌浩顯得有些開心，又對瞠目結舌的勾陣補上一句：

「我第一次聽見車之輔的聲音呢。」

希望回京城時也能聽得見，不要只限於夢殿。

為了保護昏過去的昌浩，不受黃泉禍氣的侵害，勾陣大概是順手抓起用來當棉被的外褂披在身上，然後趴下來抱住他。仔細一看，被拋出去的麻布掉在牆邊，亂成了一團。

「沒想到要抱著我出去嗎？」昌浩問。

勾陣搖搖頭說：

「這風是黃泉禍氣……疫鬼蠢蠢欲動，前面又有來路不明的力量捲起的漩渦。抱著你跟身分不明的東西對峙，不是什麼明智之舉。」

「對不起……」

勾陣說得一點都沒錯，昌浩沮喪地垂下頭。

「我可沒打算一直待在這裡，等你可以行動，馬上出去。」

昌浩檢視身體各個地方。所有部位都能動，喉嚨的狀況也不錯，可能是因為被勾陣的神氣包住了兩刻鐘吧。

這麼想時，那個男人的冷笑掠過了腦海。

「原來如此……」

昌浩半眯著眼睛嘟囔。這應該可以說是冥府官吏的恩情吧。

就像是乖乖完成交代的事，所得到的獎勵。

「啊——」

剎那間。

濁流般的記憶漩渦，一舉灌入了昌浩腦裡。

件出現在時守面前，說出了新的預言。

夕霧依約前來。被絕望困住的時守，把之前所有的負面情緒，一股腦兒拋給了夕霧。

螢趕來，被捲入了兩人的戰爭。時守衝向螢，把由負面意念凝結成實體的蟲子打入螢的體內。

為了遏阻蟲子，夕霧割傷了螢，時守大叫住手。

住手，夕霧。住手、住手，不要阻撓我！

螢聽見的是阻止夕霧的聲音。那聲音不是為了救她，而是要屠殺她。

夕霧被黑色竹籠眼吞噬，留下了螢和時守。這時候冰知出現了。

冰知沒辦法殺死時守。時守自盡，成了死靈。為了不讓他成為惡靈，冰知將他供奉為神。

成為時守之神手下的冰知，開始謀劃策略。他設下陷阱，把安倍家步步逼入絕境。
疫鬼在伯父的杯子下毒後，一溜煙鑽進地底下不見了。
襲擊哥哥的大群疫鬼，鑽進體內，躲在喉嚨深處。
接著，那天傍晚，疫鬼刺殺了公任。
對逃亡的昌浩等人發動攻擊的巨大手臂、眼球、疫鬼群等等。
隱約露出白髮，嫁禍於夕霧等等，都是冰知的策略。
聽命於時守的冰知，策劃了這一切。
為什麼？
昌浩這麼問時，又出現了新的情景，宛如在回答他的疑問。
跟時守在一起的女人，雙手擺在肚子上。
她對時守說了些什麼。時守張大了眼睛，輕輕撫摸她放在肚子上的手，身體微微顫抖，笑得滿臉皺紋。女人也微微笑著，像是鬆了一口氣。
昌浩清楚看見，時守注視著她時，眼角有閃爍的淚光。
「呃……呃……」
這是怎麼回事呢？昌浩有點困惑。
時守會敗給件的預言，那一幕應該是主因吧？可是，意味著什麼呢？

勾陣邊觀察四周狀況，邊對抱頭苦思的昌浩說：

「昌浩，可以出去了嗎？」

昌浩舉起手說：

「可以。」

他從衣服上面，拍拍掛在自己胸前的道反勾玉和香包，確認還在不在。還好，都在。

「勾陣，說來話長，等事情全部結束後，我再詳細告訴妳。」

「什麼事？」

正等待時機衝出去的勾陣，只把視線轉移到昌浩身上。昌浩邊做深呼吸調整吐納，邊告訴勾陣：

「召來這道風、我的喉嚨出問題、哥哥被疫鬼操控，全都是被供奉為神的小野時守在背後指揮。」

昌浩說的事出乎意料之外，連勾陣都瞠目結舌。但她什麼也沒說，只是默默示意他說下去。

「時守被預言困住，敗給了預言和癲狂。」

昌浩瞪著捲起漩渦的禍氣宣示：

「現在我要把施加在我身上的詛咒，連同這股禍氣反彈回去給時守。」

詛咒還持續著。昌浩沒有任何症狀，要感謝冥府官吏所賜的恩惠。可是他暗自發誓，絕對不能把這件事告訴十二神將，尤其是勾陣。

勾陣閉上眼睛，很快又張開來。

「我該做什麼？」

「要反彈詛咒，光靠我的力量可能不夠。」

對方原本是人類，但現在再怎麼說都是神，而且是靈力本來就很強的陰陽師變成的神，力量可能十分強大。

解放天狐的力量，可以穩操勝算。但那麼做，會縮短生命。這次不像在道反那次，可沒有風音幫他承受負擔。使用天狐的力量，很可能產生劇烈疼痛，最好能避免就避免。

「我要借用妳的力量，把詛咒反彈回去。」

「了解。」

勾陣不假思索地答應了。昌浩鬆口氣，點點頭。

他借了一把勾陣插在腰間的筆架叉。透過這個媒介，可以把十二神將勾陣的龐大通天力量引到自己身上。

他用右手拿起沉甸甸的筆架叉，用左手做支撐，舉到胸前。

在這種非常時候，他卻還有心情想，筆架叉好像沒有記憶中那麼重呢。以前勾陣讓他拿過，感覺更重，不用兩手拿還揮不動，現在單手就做得到了。

昌浩調整呼吸。十二神將土將的神氣，比紅蓮的神氣沉穩多了，很可能是最柔和的波動。

將土氣置中，是最穩固的地基。由這點來看，這個時候勾陣在這裡，或許也是絕妙的機緣巧合吧。

爆發愛宕天狗事件時，昌浩第一次使用了詛咒。那次是對天狗下詛咒。成親建議昌浩那麼做，昌浩接受了建議。

大家都說他擁有最強的靈力。

其實，經驗和知識比靈力的強弱更重要。靈力當然愈強愈好，可是，靈力再強，缺乏為人應有的成熟度，還是可能被趁虛而入。

預言會捆綁人心。那種痛苦、煎熬，只有被預言的人才知道。

所以岦齋出現了。讓昌浩看到他的過去，聽到他說的話。

還告訴昌浩該怎麼做。

他說預言也會帶來一些好事。他說因為遇見那些人，他才能得救。

可是昌浩認為，並不只是他說的那樣。

是他下定決心不要輸給預言，非戰勝預言不可，所以替自己製造了遇見那些人的命運。

而小野時守是敗給件的預言，成了禍神。

榎岦齋說過，他是被打落境界河川才覺醒的。

時守被困在怨懟裡。也就是說，跟岦齋當時一樣，迷失了自我。

反彈詛咒，利用那股力道消除怨懟，找回時守的人性，應該可以讓他變成正神。

能用的時間不多。對身為人類的昌浩來說，勾陣的力量太過強大，所以他必須在短時間內一舉決定勝負。

腦中閃過為疫鬼所苦的大哥的臉龐。

在這種時候，大哥會選擇怎麼樣的咒文呢？

大哥的力量雖然沒比他強，但是在施法的正確性與速度上，卻是兄弟中最厲害的。

眼前是捲起漩渦的禍氣。周遭滿是陰森鬼叫的大群疫鬼。感覺連包圍村子的結界都在逐漸變質中。

在這樣的狀態下。

沒錯，大哥會使用——。

「誠惶誠恐——」

◇　◇　◇

成親的拍手聲，劃破森林裡的空氣，醞釀出嚴肅的氛圍。

琅琅詠誦聲響徹天際。

「誠惶誠恐，伊邪那岐大神於筑紫之日向國之橘之小戶之阿波岐原修祓時，於修祓處現身之大神們。」

他一口氣念到這裡，稍停吸氣。

昌親發覺大氣被哥哥散發出來的凌厲氣勢震得劈哩劈哩顫動。

「請將所有禍害、罪行、災難，祓除淨化，給予守護帶來幸福。」

三名神將都清楚感受到月神的加護降臨在成親身上。

透過周遭滿滿的神氣，可以感覺到躲在他喉嚨深處的疫鬼的邪氣，開始痛苦地掙扎暴動起來。

「天津神國津神……！」

◇　◇　◇

從喉嚨深處、腹部丹田念出來的祝詞，把充斥周遭的禍氣集中到昌浩的斜上方位置，壓縮成最小極限的漩渦。

「……天津神、國津神與八百萬神明。」

閉著眼睛的昌浩，彷彿聽見不在這裡的大哥以同樣的呼吸和速度詠誦祝詞的聲音，與自己的聲音重疊了，感覺就在他身旁念著。

還有另一個聲音。那是夕霧的聲音。

三個人的聲音交疊，融合成一個聲音。

瞬間，磅礴、莊嚴、宏偉的神力降臨昌浩體內。他感覺神力轟隆作響貫穿腦際，通過全身，穿透了地面。

「請成就諸願——！」

念完後，昌浩拿著筆架叉擊掌拍手。

萬分凝重的聲響劃過天際，集中在上空的禍氣氣團，瞬間萎縮，很快就發出常人聽不見的淒厲聲響爆炸了。

震波直直撲向了昌浩。站在斜後方的勾陣，立刻往前一步，揮出了手上的筆架叉。

神氣炸裂，把禍氣的震波連同小屋一起炸飛了。

從四面八方湧上來的大群疫鬼，還來不及發出慘叫聲，就被祓詞與勾陣的力量彈飛出去了。

那些疫鬼以昌浩他們所在位置為起點，呈波狀一舉散開，衝出了秘密村落。

昌浩想站起來，卻一屁股跌在地上。因為透過筆架叉傳來的勾陣的通天力量太過強大，那之後神氣炸裂的波動，又震撼了他的身體。

連之前住的小屋，都被炸得片甲不留了。

昌浩暗忖即使是為了保護自己，也做得有點過分了，不知道事後要怎麼對隔壁的老翁解釋。

想到老翁，昌浩不禁大驚失色，猛然想起秘密村落裡的居民，在這麼濃密的神氣裡會不會有事？

「村裡的居民……」

正要起身時，他看到通往河川的那片竹林前，禍氣捲起了漩渦，像龍捲風般猖狂作亂。

雪不停下著，他心想外面什麼時候下起了這樣的大雪？

無庸置疑，那是時守的禍氣。他還感覺到，黃泉之風也在那裡恣意狂吹。

「那是……？」

昌浩與勾陣一起衝向龍捲風時，就在相同的方位，空間突然扭曲變形、風力歪斜，從某個點冒出了禍氣與邪氣。

然後，他們看見將禍氣與邪氣完全包覆的灼熱鬥氣，以及邊扭擺翻騰吞噬禍氣邊飛翔的白色火龍。

「咦，紅蓮?!」

昌浩眨了眨眼睛，勾陣也瞪大了眼睛。

「騰蛇？那傢伙在幹嘛？」

「去看看就知道了，走。」

勾陣輕輕鬆鬆扛起邁開步伐的昌浩，用神腳跑了起來。

「哇！」

速度快到幾乎無法呼吸，雪又猛往他身上打，他慌忙緊緊抓住勾陣。

螢跪在雪上，垂著頭，淚水從她臉頰滑落。

但是她的眼睛沒有看著任何地方。

時守擺出用雙手接過她被擊碎的心的姿勢，隨即將雙手高高舉起，哈哈大笑起來。

——螢、螢、螢……

以透明的身影移動到螢頭上的時守，把身體倒立，看著螢空虛的臉。

——妳好可憐啊……螢、螢、螢……

叫喚聲跟剛才大大不同，像哽在喉嚨般低沉平穩。螢沒有半點反應。

時守的表情因喜悅而扭曲變形。

嘻嘻嗤笑的禍神，緩緩把手伸向螢的脖子。

——妳……再也……不用看到……不開心的事了……

女孩失去光彩的眼眸，像被吸引般緩慢跟著禍神移動。

不用再看了。

螢輕輕垂下了眼睛。

冰知不由得撇開了視線。他早已有心理準備，可是眼睜睜看著以前的主人親手殺死妹妹，還是太痛苦了。

冰知遮住了自己的眼睛。

都怪自己沒察覺時守的苦惱、沒察覺預言帶給他的沉重壓力。

為什麼沒察覺呢？自己比誰都接近他，與他相處的時間也比誰都長。

他為什麼不告訴自己？因為他無法把那種心情，告訴根本沒察覺的自己。

即使知道是這樣，冰知還是很難過。

等一切結束，時守平靜下來，自己該怎麼做，冰知心中早有覺悟了。

不能把變成禍神的時守丟著不管。

自己是現影。承接時守身上的詛咒與法術，是自己的使命。不能完成使命的現影，只有一條路可走。

——……唔？！

時守突然用力扭動身體，表情驚愕，接著變成憤怒，然後從嘴巴迸出垂死般的淒厲慘叫聲。

——……唔！

冰知也跟在螢頭頂上痛苦掙扎的時守一樣，心臟像被踢了一下，劇烈疼痛貫穿全身。從地面噴出來的漩渦波動，把冰知拋到空中，又重重摔在雪上。幾乎無法喘息的難以形容的衝擊流過全身，最後在喉頭形成灼熱感，逐漸沉澱。

「這……是……」

這是疫鬼的邪氣。在體內突然產生的邪氣，才剛貫穿冰知，就被拉向了時守。

冰知奮力爬起來。

禍氣捲起漩渦，從三面撲來。所有力量穿越他的身體，毫不遲疑地刺進了時守體內。

紅眼男人發出嘶啞的叫喊聲。

「詛咒……反彈……?!」

而且是不同的術士、使用相同的法術，把他施放的詛咒，同時從三個方向反彈回來。

「有人……對時守大人……！」

冰知倒抽一口氣，拚著命站起來。可是，腳完全動不了。突然，胸口湧現灼熱感，血腥味撲鼻，熱熱的東西從嘴巴溢出來。

「蟲、蟲……」

喀喀咳出來的霧狀鮮血中，散布著無數的黑點。紅與黑同時灑落在白雪上，只有黑點瞬間鑽入雪中消失了。

不只沒辦法呼吸，在體內肆虐的邪氣，還會逐漸剝奪靈力。

毫無疑問，這是自己施放的詛咒沒錯。

冰知的身體彎成く字形，喉嚨發出吹笛子般的咻咻聲，只有眼珠子勉強可以移動。

時守呢？

顫動的視線捕捉到跪在地上的螢，還有在螢頭頂上痛苦掙扎的悲慘禍神。

為什麼會變成這樣呢？

件的預言是一切的開端。

出現在螢面前的件，還沒說出預言，就被冰知殺了。

件啊，為什麼不來找我？為什麼不給我毀滅的預言？

應該被預言的人是我，而不是螢，為什麼不來找我？

這麼想的現影，同時承受來自三方的詛咒反彈，已經奄奄一息了。

做好萬全的準備，就不會發生這種事。可是他以為詛咒不可能反彈回到已經死亡、變成神的時守身上，這樣的想法害了他。

——螢、螢、螢、螢、螢……！

時守咆哮著。

他把最後的期望、最後的心願，都託付給了冰知。

螢會奪走他的一切，還有即將誕生的生命。

他要斬斷這樣的命運。所以要殺了螢。他恨螢。他厭惡螢。

「……時……守……大人……」

扒著雪，拚命想站起來的冰知，感覺有風吹過臉頰。

是灼熱的風。

好熱。才剛這麼覺得，身旁就出現了白色火龍，以迅雷不及掩耳之勢衝向時守散發出來的禍氣漩渦，緊緊纏住後飛向天空。

火焰有淨化作用。冰知只知道一個人可以操縱這樣的火焰。

原來在體內侵蝕靈氣與精氣的蟲子，是被十二神將騰蛇反彈回來的？

纏繞著灼熱鬥氣的十二神將，以及白髮、紅眼的同袍，出現在他模糊的視野裡。

十二神將勾陣也扛著昌浩，如疾風般從河川下游衝出來。

昌浩從勾陣肩上翻跳下來，有點站不穩，雙手抵在雪上，重整姿勢。

在逐漸增強的暴風雪中，他看到茫然若失地跪在地上，眼睛眨也不眨的螢，還有殘暴瘋狂的禍神。

遍體鱗傷的夕霧，要越過喃喃叫著螢的昌浩身旁時，被狂亂憤怒的禍神的強烈禍氣彈飛出去。

「唔……！」

夕霧摔落在積雪的河岸上，下半身沉入了竟然沒凍結的冰冷河川裡。

紅蓮嘖嘖舌，走下河川，把夕霧拖上來。

「騰蛇，發生了什麼事？」

「等一下再告訴妳。」

「好。」

勾陣帶著嘆息，簡短回應。紅蓮把夕霧拋在雪地上，橫眉豎目地高高舉起手，召喚白色火龍。

「燒光。」

神也不是不死之身。更何況，時守原本是人。把他身為人時滋生出來的邪念通通燒光，說不定可以讓他重生成為正神。

然而，時守環視所有人一遍，突然嘻嘻嗤笑起來。

——螢……螢……

颼颼吹起了風。是黃泉之風。

在蕭蕭風聲中，昌浩聽見那個既美麗又恐怖的歌聲。

《……一……》

從河川上游吹過來的風，混雜著黃泉的腐臭味。暴風雪中隱約可見幢幢搖曳的黑影。

披著衣服，在河面上緩緩行進的送葬隊伍，來帶某人走。

——螢、螢、螢、螢……

時守看著呆若木雞的螢的臉，嗤嗤笑著說：

——來接妳啦……

女人在送葬隊伍的最前面唱著歌。

昌浩看到送葬隊伍，視線很快掃過時守與他周圍的人。

《……二……》

「紅蓮、勾陣。」

被點名的神將們轉過身來。

昌浩背對河川，瞪著時守，指著送葬隊伍說：

「在我設法處理禍神時，幫我擋住他們。」

「怎麼擋？」

紅蓮提出理所當然的問題，昌浩一時答不上來。

這時候，全身溼透冷得快凍僵的夕霧插嘴說：

「我有辦法。」

嘎噠嘎噠發抖的夕霧，體力上的消耗似乎比看起來嚴重許多。昌浩很好奇他發生了什麼事，但現在有更重大的事要辦。

「什麼辦法？」

「把送葬隊伍引入竹籠眼的牢籠。」

不過，關不了多久，因為夕霧的力氣剩沒多少了。

在這期間，可以驅除禍神時守的怨懟，挽回他身為人類的心嗎？

成為神的時守，受到攻擊，會立刻逃離現場吧？

暴風雪的威力逐漸增強。螢快被積雪完全掩蓋了，當她的身體也連同她的心被凍結時，她很快就會停止呼吸了。

時守嗤嗤笑著。他知道不需要自己動手，沒多久螢就會死了。

「我會擋住送葬隊伍，所以……」

夕霧蠕動的嘴唇說著「請救救螢」。

最想救螢的人，非夕霧莫屬了。他選擇了比自己親自救螢還要妥當的方法。

想必至今以來，他都是選擇自己認為最好的做法。

紅蓮看看四周，在勾陣耳邊說了些話。勾陣點點頭。紅蓮立刻彎下腰，低聲對昌浩說：

「我跟勾陣會阻斷他的退路。」

紅蓮瞥禍神一眼，這麼說完便與勾陣一起離開了昌浩與夕霧身旁。

灼熱的鬥氣捲起漩渦，放出無數的白色火龍，席捲天空。

禍神冷笑著掀起白雪，準備鑽入地底下。這個地方充斥著他的怨懟。

但是禍神被彈開了。

一隻手擺在雪上的十二神將勾陣，迸放出來的神氣如鋼鐵蓆子般，完全覆蓋了被埋藏在雪下的地面。

——什……麼……?!

上、下的退路都被阻斷了，該怎麼辦？

環視周遭的禍神，看到四方呈現的金色五芒星，驚愕不已，心想什麼時候冒出來的？

紅蓮的鬥氣遮蔽了颳著暴風雪的天空，埋藏在雪下的地面也流竄著勾陣的鬥氣。昌浩趁這兩道鬥氣分散禍神的注意力時，在四方畫下五芒星，徹底阻斷了禍神的逃亡路線。

然而，禍神哈哈大笑，鑽進了另一條路。

「唔……!」

垂頭喪氣的螢，受到衝擊，整個人往後仰。禍神從她脖子下面的靈力穴道鑽了進去。

附在螢身上的禍神，搖搖晃晃地站起來，面目醜陋地嗤笑著。

築起竹籠眼之繭，困住送葬隊伍的夕霧，難過得表情扭曲、咬牙切齒。唱著數數歌的女人，與扛著棺木的鬼、隊伍中的鬼，都逐一被夕霧築起來的繭吸進去了。

昌浩面對附在螢身上的禍神，擊掌拍手。

乾澀的聲音，撕裂了呼嘯的風，狂吹不停的暴風雪戛然而止。
拍手聲阻斷了吹往這裡的黃泉之風。
滑出去的刀印，畫出了六芒星——竹籠眼。
在前往播磨的途中，螢教過他怎麼畫。形成竹籠眼的兩個三角形，一個代表「KA」，一個代表「MI」③。
所以竹籠眼是代表神（KAMI），竹籠眼之印可以捕捉所有邪惡的東西。
把螢連同禍神一起封住的竹籠眼，閃爍著金色光芒。
但是，光這樣不行。這麼做，只會讓時守成為永遠折磨螢的禍神。
成為神的他，忘了產靈玉之神的戒律。那就是有誰詠誦將他供奉為神的秘詞，他就沒辦法傷害那個人，還必須協助那個人。
昌浩知道那首秘詞。螢教過他。
他們兩人都沒想到，會在這種時候派上用場。
昌浩無聲地拍手，喚起記憶。螢詠誦的詞，在他心中迴響。
「天之息、地之息、天之比禮、地之比禮。」
被竹籠眼困住的螢，雙手像被釘住般直直攤開，眼睛睜得斗大，從嘴巴溢出禍神的苦悶呻吟。

「往來天之幽界、日之幽界、月之幽界之三津之魂。」

禍神扭動身體。螢的表情很痛苦。

「請遵守大小產靈玉之神之戒律。」

「即刻以天津奇鎮詞，平息空津彥、空津火氣、奇三津之光。」

螢往後仰，定住不動，翻出白眼。

「晃啊晃、搖啊搖。」

綁住螢的頭髮的繩子，啪啦斷裂，她的長髮嘩啦嘩啦搖曳散開來。

「一二三四、五六七八、九十、百千、萬。」

紅蓮、勾陣從夕霧旁邊繞到竹籠眼之繭前面，往最後被吸進去的鬼的背後，同時揮出白色火龍與筆架叉。

送葬隊伍的鬼們，慘叫著摔進底部，繭立即封閉，消失在雪中。

夕霧搖搖晃晃地轉過身去。

被釘在竹籠眼上的螢，身體癱軟地滑下來，往地上傾倒。就在快倒地前，夕霧接住了她。

時守跟剛才的螢一樣，被釘在竹籠眼上。

還在掙扎的時守，已經不能攻擊詠誦秘詞的昌浩。

昌浩繼續對慘叫的時守詠誦驅除惡靈的秘詞。

「誠惶誠恐謹請天地之始。」

祈求天神帶走時守體內怨懟之心，讓他成為正神。

「現身高天原之三津大神們。」

拳打腳踢的時守，臉部扭曲變形，突然疑惑地盯著昌浩。

「名為天御中主之大神、名為高御產靈之大神、名為神產靈之大神們。」

周遭的聲音隨著秘詞的詠誦消失了。

昌浩清楚感覺到，之前從來沒接觸過的神，就快降臨現場了。

盯著昌浩的時守，猛然抬頭往上看。

紅蓮放出來的白色火龍，不知何時消失了。從沒有風的雲間，無聲無息地飄落銀白色的碎片。

昌浩知道，片片都是神威的顯現。

「恭請天津神國津神、八百萬傾聽種種事——！」

擊掌拍手。

下不停的雪紛飛飄落，覆蓋竹籠眼，金色與銀色的光芒碎片，閃閃發亮地粉碎消逝。

被解放的時守，茫然地看著這一幕。

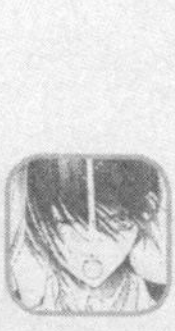

沒多久，他發現像壞掉的人偶般躺在夕霧懷裡的螢，僵硬地張開了嘴。

——可惡的螢……可恨的螢……

瞪著時守的夕霧，更用力抱緊螢。

時守搖搖欲墜地走過來盯著螢，把透明白皙的手伸向螢的臉。

像是看不見嚴密防備的夕霧似的，時守輕輕撫摸虛弱地閉著眼睛的螢臉上的淚痕，蠕動著嘴唇。

——……可憐的……螢……

昌浩看到從時守臉頰滑下來的淚水，倒抽了一口氣。

時守俯視螢好一會後，緩緩彎下身體，掩住了臉。

——嗚嗚嗚嗚嗚……！

那是聲嘶力竭的慟哭。

夕霧張大眼睛注視著時守。時守蹲在地上蜷曲著身子，不停哭泣，肩膀顫抖得很厲害。

可惡的螢。可恨的螢。——可憐的螢。

若不是生為自己的妹妹，就不會因為預言的束縛，命運大亂。

若不是生為自己的妹妹，就不必承受這種痛苦。

若不是生為自己的妹妹，一定可以像一般女孩，過著幸福的生活。

若不是生為自己的妹妹。若不是自己的妹妹。若不是自己的……

被憎恨與怨懟困住，心一天一天瓦解崩潰的時守，瞞過了所有人。

然而，在最後一刻，他還是把持住了自我。

——哥哥。

因為他不想做出對不起那雙傾慕自己的眼眸的事。

就只是這樣。

小怪的陰陽講座

③日文的神的發音是「KAMI」。

宛如幽微虛幻的火光，
滯留在胸口。

——螢火蟲。

10

風恢復原狀了。

暴風雪颳得比剛才更猛烈，強勁得讓人呼吸困難。

舉起手擋住雪，護著眼睛的勾陣，發現蹲在地上的冰知，手上握著閃亮的東西。

在他割斷自己的喉嚨前，勾陣及時以神腳衝過去，奪走他手上的短刀，再把雪塊塞進他的嘴巴裡，防止他咬舌自盡。

冰知甩甩頭，把雪吐出來，喃喃說著：

「為什麼……阻止我……」

吃力地說出這幾個字，他就低聲哭了起來。

不能完成主人心願的現影，沒有生存的意義。

大步走過來的紅蓮，高高舉起左手揮向冰知的臉，在快打到時猛然停下來。

他低聲咒罵：

「你以為死了就沒事了嗎？這樣豈不是重蹈時守的覆轍？笨蛋。」

被扭住手臂的冰知沒有抵抗。

昌浩跑過來，單腳蹲下來說：

「冰知，村裡的人在那樣的禍氣中……」

白頭髮的現影搖搖頭說：

「傍晚時……我通知他們首領下令召集，他們都離開村落了。」

昌浩與勾陣互看一眼，鬆了一口氣。太好了，他們都沒事。

「螢……螢！」

夕霧在暴風雪中拚命叫著螢。

昌浩知道她在哪裡。

但那不是昌浩該做的事。

昌浩注視著夕霧。

把她帶回來，是夕霧的使命。從以前到現在，保護她都是夕霧的使命，將來也是。

◇　◇　◇

念完祓詞的成親，精疲力盡地倒下來。

「成親大人！」

天一欠身向前，但是待在原地沒動。因為她是維持四方均衡的力量之一，必須把請來的神送走，才能結束法術。

昌親擊掌拍手，念完送神的祭文。

天一趕緊衝出去，跪下來要抱起成親，被成親委婉拒絕了。

「現在……先不要移動我……勉強移動……我會吐……」

成親臉色蒼白地說完後，就再也不能動了。

讓人痛苦不堪的疫鬼、邪氣、螢施加的法術，全都消失不見了。

看來是成功把詛咒反彈回去了。

擔心的天一從屋內拿外褂來，披在成親身上，以免他著涼。

其實周圍有天空、朱雀的神氣，根本不需要擔心成親會冷。

他只覺得身體好重，不像是自己的。不知道多久沒有這麼疲憊過了。結婚離開安倍家後，再也沒有機會把自己鍛鍊到快累死的地步，所以應該是從那之後就沒這麼疲憊過了。

「哥哥，你還好吧？」

手是有感覺，但是為了小心起見，成親還是確認一下才回說沒事。

「昌親，你察覺了嗎？」

虛弱地閉著眼睛的哥哥說的話，昌親完全能夠會意，用力點點頭。

然後他露出快哭出來的表情，笑著說：

「看來他努力熬過來了。」

聽見弟弟微微顫抖的回答，成親苦笑著說：

「你也是……幫了我大忙。」

自己很幸運擁有這兩個弟弟。

聽著兄弟對話的朱雀，嘆口氣蹲下來，把手伸進成親肩膀下面。

「差不多可以把你移到屋內了吧？進去後再好好休息。」

朱雀很小心地把成親拉起來，可是他比成親高，攀在他肩上的成親像是被拖著走，覺得頭昏腦轉，噁心想吐，摀住了嘴巴。

「不行……我還……」

「忍耐一下。」朱雀斷然回他，轉向天一說：「走啦，天貴。」

昌親吐口長氣，宛如把肺裡的空氣全吐光了。

胸口還是冷的。雖然早有覺悟，但想到萬一，他還是害怕得全身冰冷僵硬。

天空緩緩張開眼睛，對這樣的昌親露出淡淡的微笑。

「你做得很好。」

昌親整個人呆住，直盯著天空第一次在自己面前張開的眼睛。他心想這應該是哥哥也沒有過的經驗吧？

興匆匆看著瞇起眼睛的老人好一會後，昌親苦笑著說：

「我是不是小小賺到了？」

「你說呢……」

天空一如往常閉上眼睛，呵呵淺笑著。

昌親也跟著笑起來，抬頭望著天空。

從天頂稍微往西移的月亮，光明皎潔，也像是在微笑。

◊ ◊ ◊

「太過偏執的想法，會形成一股力量。誤入歧途，心就會被那股力量摧毀。」

不。不。

「接下來不管發生什麼事，妳都不可以閉上眼睛、不可以摀住耳朵。」

不。不。

「妳有雙看透真相的眼睛、分辨真假的耳朵，是好幾條搓起來的線，把妳的心綁在這個世上。」

不。不。

我不知道這些事。
我不想聽這些事。
我要把這些事都忘了。

我非去不可。
我非去不可。
去媽媽那裡。
我非去不可。

啊，對了，我作了可怕的夢。
因為太可怕了，所以我想確認媽媽會不會好起來。
我非去不可。
去媽媽那裡。
我聽見了可怕的事。
那是不可能發生的事，我卻聽見了，太可怕了。
所以我必須去確認。
所以我要去媽媽那裡。
我非去不可。
我必須去媽媽現在所在的地方——。

——可是。
那是哪裡——？
回過神來的內親王脩子，發現自己坐在全白的地方。
「…………？」

那裡什麼都沒有。白色無限延伸，什麼也看不見。
她站起來，環視周遭。稍微走了幾步，還是什麼都沒有。
「這裡是……」
不由得把右手伸到嘴巴時，她發現自己的手緊緊握著拳頭。
仔細一看，從緊握的拇指與食指之間形成漩渦的地方，拉出銀色的細線。
她循著線望過去，好像一直延伸到海角天涯，沒有止境。
「…………」
這條線的終點是不是有什麼呢？
正要跨出腳步的她，不知道為什麼停住了。
「我非去不可……」
她喃喃念著，猛然轉過身去。
彷彿聽見有歌聲傳來。美麗的聲音悠然誘惑著脩子。
她心想往那裡走，一定可以……
「……媽媽……」
可以到達媽媽所在的地方。
她不知道那是什麼地方，卻莫名覺得往歌聲的方向走，就能到達媽媽所在的地方。

禮物也準備好了。

脩子把自己撿回來的紅葉，貼在白紙上，再綁上自己千挑萬選出來的伊勢線繩，做成了書籤。

母親喜歡看書，也很會寫歌。侍女把那些歌都記下來了。脩子知道那些記下來的歌，都匯集成書了。

書籤可以夾在那本書裡。老實說，她自己也偷偷完成了同樣的書。

嬰兒快出生了。弟弟敦康也還小。她是姊姊，要做個好孩子，讓母親放心才行。

所以她決定了，回去後要向母親提出要求。

希望母親哪天可以把那本書給她。

到那時候，她一定也做了很多很多的歌，多到跟母親一樣可以匯集成書。

她想把自己那本送給母親，然後收下母親那本歌集。

所以她要私下把書籤交給母親，讓母親夾在書裡，當成約定。母親有許多煩惱，生病也很痛苦，所以她決定絕不向母親要求這之外的事。

她會祈禱，所以母親的病一定會好。只要她完成任務，神一定會實現她的願望。

她搖搖晃晃地走向唱著歌的某人。

穿著白衣服的她，幾乎跟全白的空間融為一體了。

歌聲逐漸增強，斷斷續續可以聽見歌詞。

《……六……》

脩子歪著頭想：

「是誰在唱呢……？」

忽然，右手被什麼拉住了。被拉住的脩子轉身一看，抓在手裡的線被拉得又直又緊實。

好像不能拉得更長了，怎麼拉都不會鬆動。

脩子望著歌聲傳來的地方。

斷斷續續傳來的歌聲，還離這裡很遠，她必須再往前走。

不往前走，就見不到母親。

「媽媽……」

對了。脩子想到什麼，眨了眨眼睛。

把這條線放掉就行了啊，怎麼沒想到呢？

她的右手緊握著拳頭，緊到連她自己都覺得驚訝。她扯扯那條線，想把線從拳頭拉出來，可是不知道為什麼拉不動。

「……咦……？」

脩子使勁地拉。要趕快拉掉，拉掉這條沒用的線。

「我……非去不可……」

忽然背後浮現一團黑暗。

「妳要去哪？」

脩子驚愕地倒抽一口氣。

心臟怦怦狂跳起來。

她記得這個聲音。她想起來了。

那是非常可怕的聲音；那是她想遺忘的聲音；那是她忘不了的聲音。

她慢慢回頭看。

穿著黑衣服的大個頭男人，佇立在全白的背景裡。

四周白得太過頭，看不清楚男人的臉。

俯視著她的高大男人，緩緩張開嘴說：

「不可以再往前走。」

脩子豎起了眉毛。心想這件事應該由自己決定，那個男人不能決定。

她決定要去。她要去找母親。她要去母親那裡。去母親那裡。去母親那裡。

「我非去媽媽那裡不可……」

男人只是冷冷地回答拚命爭辯的脩子：

「嚄，原來妳是要去……不是要回去啊？」

「咦……？」

她想回答「是啊，我要去」，喉嚨卻像卡住般，動也不能動。

其他人都是怎麼說的呢？

——小公主，妳什麼時候回去呢？

——喂、喂，小公主，妳很想回京城吧？

——小公主，回去後，妳最想做什麼？

——……我們期盼公主回來……

心臟像是被什麼踹了一下，撲通撲通狂跳不已。

「……可是……京城……」

怦怦。

心跳聲震耳欲聾，遮斷了某人說到一半的話。

「我……非去不可……」

脩子用不帶感情、輕飄飄的聲音，重複著這句話。

「我非去不可……非去不可……去媽媽那裡……我非去不可……」

從遠處傳來的聲音，在脩子耳邊更清晰地響起。

《……五……詛咒……憎恨……》

脩子蹣跚地往前走。

緊緊握住的繩子拉住了她的手，恍如在告訴她不可以去。

「……討厭的線……！」

脩子用力拉扯那條線，黑衣男子抓住了她的手。

看到抬起頭的脩子淚水盈眶，男人也不為所動。

脩子搖著頭說：

「……不……不……」

心臟怦怦鼓動。啊，在耳邊撲通撲通響，吵死人了。

會遮蔽那個聲音。就快遮蔽那個聲音了。

「接下來不管發生什麼事，妳都不可以閉上眼睛、不可以摀住耳朵。」

撲通。心臟被踹了一下，耳朵被摀住了。

看見的景象，彷彿遙遠的夢境。啊，那是誰？為什麼在哭？

她不知道。她聽不見。她沒看見。她想不起來。

「……不……不……」

「妳有雙看透真相的眼睛、分辨真假的耳朵，是好幾條搓起來的線，把妳的心綁在

這個世上。」

「不……不……」

脩子不停地甩頭，最後蹲了下來。

「媽媽……媽媽……媽媽……」

她用顫抖的聲音呼喚母親，強忍著不讓積滿眼眶的淚水掉下來。

她絕對不能在這麼殘酷的男人面前哭泣！

不管男人說什麼，她都要去母親那裡。不是回去，對，不是。

她要去母親那裡。她不知道那是哪裡，也不想知道。

心臟怦怦狂跳。

沒多久，她聽見男人的嘆息聲。

「想見妳母親嗎？」

脩子猛然抬起頭，毫不遲疑地回答：

「想。」

男人冷冷地瞇起眼睛說：

「那麼，就讓妳見她。」

男人舉起右手。

什麼都沒有的全白空間，突然出現巨大的門。

脩子目瞪口呆，門發出沉穩、笨重的聲響，緩緩打開。

門後面是漫無止境的黑暗。

看起來很可怕的黑暗。

脩子不由得往後退。這片黑暗很像天岩戶洞穴裡的黑暗。

「想見她就進去。一個人進去。沒有人會幫妳，妳必須一個人走到那裡。」

脩子把嘴巴抿成一條線。她很害怕，可是她想見母親。

她握起了左手的拳頭。右手也還緊握著。

忽然，她想起那條線已經緊繃到極限。

「這條線……」

脩子說到一半，線突然鬆了。她眨眨眼睛，試著輕輕拉扯那條線，竟然一拉就動了。

她吸氣再吸氣，把身體的發抖壓下來，鑽過門，走進了黑暗裡。

幼小的身影消失在黑暗中。

把衣服披在頭上，一直躲在門內側的男人，探出臉來點個頭，便轉身追上了脩子。

門發出聲響關上後，跟出現時一樣，無聲地消失了。

歌聲從遠處傳來。男人敏銳地察覺，那個地方飄散著淡淡的懊悔。

穿著黑衣的冥府官吏，望向遠方。

原本白得刺眼的空間，逐漸轉為灰色，顏色愈來愈濃烈，最後變成黑漆漆的黑暗。

送葬隊伍在遙遠的地方等待著。

等待脩子到來的送葬隊伍，狠狠瞪視冥官好一會，不甘心地揚起塵土，在一陣謾罵叫囂後，抬起空蕩蕩的棺木，從盡頭消失了。

脩子鼓起勇氣，走在鋪天蓋地的黑暗中。

右手的線一點都不緊繃，很難相信剛才拉也拉不動。

線綻放著銀色光芒，所以不是完全的黑暗。

究竟要走多遠呢？

就在她愈來愈不安時，耳朵掠過微弱的吵嚷聲。

「……？」

跟剛才的歌聲不一樣，是男人的聲音。漸漸地，她聽出不是一個人的聲音，而是數不清的多重聲音混在一起。

「什……麼……？」

脩子害怕地停下來，身體開始發抖。

這樣側耳傾聽了好一會，她聽出很多聲音裡，夾雜著幾個女人的慘叫聲。

其中一人叫著：

「……后……殿……」

脩子張大眼睛，搖搖擺擺地往前走。

剛開始緩緩跨出去的步伐，沒多久變成快步走，最後跌跌撞撞地跑了起來。

響起無數的聲音。黑暗破開一個大洞，燃起無數的篝火。

那是僧都的誦經聲、陰陽師的祈禱聲。

那是府邸。懷念的竹三條宮。

很多人來來往往。那是舅舅。那是侍女們。

不知道為什麼，沒人注意到橫衝直撞的脩子。

但是脩子管不了這麼多了。

這裡是竹三條宮。敦康出生時，脩子在這裡住過一陣子。

前面就是母親的房間。周圍好多人。她聽見侍女們的聲音。

脩子的表情亮了起來，直直衝向房間。

「媽媽！」

可是裡面一個人也沒有。

脩子環視屋內。

「怎麼會這樣？」

突然從其他棟傳來尖叫聲。

「要生了……」

那麼，母親應該在產房。那棟有敦康出生時用來布置產房的對屋。大家一定都在那裡。

既然都沒人發現她，那溜進產房應該也不會被攔住盤問。

脩子莫名地覺得開心，盡可能避開所有人，匆匆趕去產房。

果不其然，有間以白色為基調的產房，穿著白色衣服的侍女們忙碌地跑來跑去。

脩子從屏風與屏風之間的縫隙偷看產房。

就在這時候，侍女們哇地喧嚷起來。

「生了……！」

「皇后殿下，是位公主！」

興奮的侍女們發出了歡呼聲。脩子從中得知，生下來的是妹妹。

「媽媽。」

脩子正要衝向氣喘吁吁的母親，忽然察覺侍女們的反應有異狀。

抱著嬰兒的侍女，把嬰兒倒過來抓著，拍打她的屁股。

「妳在做什麼！」
想上前制止的脩子，聽見侍女的叫喊，愣住了。
「快哭啊，公主，快……！」
侍女連拍嬰兒的屁股好幾下，脩子慢慢靠近她，跪下來。
「咦……？為什麼……？」
「快哭啊！請妳快哭啊，公主……！」
定子聽見侍女的叫聲，緩慢地轉過頭來。
脩子轉向母親，爬到她身旁。
「媽媽！媽媽！妹妹她……！怎麼辦……！」
定子望著侍女懷裡的孩子，強撐著把她的臉龐烙印在腦海裡，就再也張不開眼睛了。
忽然，她看見了脩子的臉。
脩子在哭。
「媽媽，我向神祈禱了，祈求祂讓媽媽的病好起來。我只向神祈禱了這件事……」
沒想到妹妹生出來居然不會哭。
脩子知道，嬰兒都會哭得很大聲。不會哭的嬰兒，就是沒有呼吸。沒有呼吸，就活不下去。

「媽媽、媽媽！我、我……」

定子把手伸向泣不成聲的脩子。脩子邊嗚咽哭著，邊抓住母親的手，顫抖不已。

流下大顆淚珠的脩子，忽然眨眨眼睛，盯著母親。

透過母親觸摸她的手，她似乎聽見了母親的聲音。

「媽媽……？」

——請……請照顧妳的弟弟、妹妹……

脩子用左手握住母親的手，把握著沒張開的右手放在左手上。

「……嗯……」

脩子忍住淚水點點頭。

淚水從定子眼角滑落下來。

「……哇……」

動也不動的嬰兒，猛然吸口氣，發出了微弱的哭聲。

這時候，母親的手從脩子手中滑落下來，宛如以此換來了嬰兒的哭聲。

「……媽……媽……？」

不管脩子怎麼呼喚，閉上的眼睛都不再張開了。

「媽媽……媽媽……媽媽……！」

就在她要抱住媽媽的時候，眼前的景象瞬間消失了，螢火般的磷光向四方散開。
淚水從脩子臉上撲簌撲簌掉下來。
把衣服從頭上披下來的男人，蹲在她身旁說：
「媽媽很努力想治好自己的病。」
男人一個字一個字說得很慢。脩子抬起頭，茫然看著他，隱約想起：啊，我見過這個男人。
「媽媽很努力、很努力，可是肚子裡的孩子快死了。」
男人看著脩子，悲傷地皺起眉頭。
「為了救孩子，她用自己替換。」
脩子眨了眨眼睛，流下淚來。
「替換……？」
「替換孩子……就是用自己換來了公主。」
驚人的話語，讓脩子倒抽一口氣。
「為了公主，媽媽很努力要把病治好……可是，為了救肚子裡的孩子，她不能再努力下去。這些日子，她一直很後悔。」
後悔為什麼讓女兒離開。

脩子搖著頭說：

「不、不，是我自己決定要去的。是我為了讓媽媽的病好起來，自己決定要去的。」

說著這些話的脩子，皺緊眉頭，苦著臉兒。

「可是……我卻沒有讓媽媽的病好起來……」

脩子沮喪地垂著頭，淚如泉湧，肩膀顫抖。

「所以那是謊言嗎？」

「那不是謊言！是真的……」

脩子立刻反駁大叫，男人點點頭說：

「應該都是真的吧。所以，我認為誰都沒有錯。」

男人平靜地看著脩子。螢火在他背後聚集，形成跟他差不多高的丸玉。

安倍晴明在玉中不斷念著什麼。不知道為什麼，他的臉色看起來很差，精神很不好，圍繞著他的神將們的表情也很可怕。

螢火散去。散去的螢火又輕飄飄地聚集，形成新的丸玉。

風音穿著輕便的衣服，在黑暗中奔馳。烏鴉嵬飛在她身旁，她的速度愈來愈緩慢，最後停住不動了。烏鴉在雙手掩面的風音四周飛來飛去，顯得很驚慌、很困惑。

螢火啪地散去。第三次聚集，形成光的丸玉。

小妖們蹲在外廊上，不知道為什麼表情都很悲傷。

螢火散去。這次向四方散開，就那樣消失了。

「……」

應該還有一個人，為什麼沒有出現呢？

脩子疑惑地看著男人，想起他剛才說的話。

應該都是真的。

——是的，一定會。

那時候。

——皇后殿下一定會好起來。

她說的是真的。

她那麼說，是因為她真的那麼期望。

新的淚水從脩子眼睛流下來。

藤花說的話，就跟自己對母親說的話一樣。

然而，自己卻對她說了那麼過分的話。

脩子默默流著淚。男人摸摸她的頭安撫她，把她抱起來。

「接下來要去哪呢？」

脩子的右手一直握著那條線。
那個可怕的男人說過。
——是好幾條搓起來的線，把妳的心綁在這個世上。
「……」
脩子默默把線拿給男人看。男人露出笑容，點點頭。
「嗯，我知道了。中途一定會有人來接妳，我送妳到那裡。」
脩子輕輕點頭後，垂下頭，閉上了眼睛。
她覺得好累、好累。

11

作了好長、好長的夢。

那是非常可怕的夢。

非常難過的夢。

非常悲傷的夢。

耀眼的光線斜照著，把世界染成了橙色。

對恍惚睜開的眼睛來說，那道橙色光芒真的很刺眼。

倏子緩緩瞇起眼睛，移動視線。

看見有人端坐在她身旁。

她很快就知道那是誰了。

她開心地笑起來，輕聲叫喚：

「……媽媽……」

端坐的母親，正好背著陽光，臉形成陰影。太陽再往下沉一點，就可以看清楚了。

脩子面向母親，帶著半夢半醒的感覺，開始說話。

「……我作了夢……夢見了什麼……」

她沉默半晌，想了一下。

「可是……忘記了……啊，對了。」

她有些難過地瞇起眼睛，想不通眼角為什麼熱了起來。

「是很悲傷的夢……然後……對了。」

原本記得的夢，逐漸遠去，變得模糊不清。

她只記得其中一件事。

「我……我對藤花……說了很過分的話。」

她感覺母親倒抽了一口氣。

啊，黃昏的光線還是太強，看不清楚母親的臉。

「我說了很過分的話……要向她道歉才行。」

不知道該怎麼辦的心情不斷擴大，膨脹到極限，脩子畏怯地閉上了眼睛。

「藤花……會不會……原諒我呢？」

脩子悄悄張開眼睛，求助似地看著母親。

「會不會呢？媽媽……」

她停頓下來。

仰望著那個人，緘默不語。

夕陽整個沉沒，被陰影遮蔽的臉終於看得清楚了。

脩子總算知道那個人是誰了。

「…………………」

眼睛睜得斗大，連眨都忘了眨的脩子，落下淚來。

為什麼一直以來都沒有察覺呢？

體型、相貌、氛圍。

都那麼神似。

像極了去世的母親。像極了再也見不到面的心愛的母親。

像到幾乎會認錯。

脩子邊哭得唏哩嘩啦，邊把緊握的右手從被子底下伸出來，伸向了她。閃閃發亮的銀線還在手裡。

緊握的手指，忽然放鬆了。

「對不起……」

真的很對不起，說了那麼過分的話。

「……藤花……」

脩子張開右手，把手伸向名叫藤花的侍女。

被稱為藤花的彰子，在脩子把手伸向自己張開的瞬間，看到啪啦掉下來的東西，不禁屏住了氣息。

那是她怎麼找也找不到的紅色條紋瑪瑙丸玉。而且，剎那間，她好像看到上面纏繞著銀光閃爍的線。

彰子握起脩子的手，強烈顫抖著肩膀說：

「公主……殿下……！」

只說出這幾個字，彰子就放聲大哭了。

坐在外廊意志消沉的小妖們，還以為發生了什麼事，趕緊衝進來。知道脩子醒了，高興得跳起來，又衝出去到處報訊了。

彰子握著脩子的手、握著丸玉，嗚嗚咽咽地哭個不停。

她一直在心中暗暗吶喊著。

不要走。

不要走。

回來。

拜託。

誰來救救她。

不要讓她被帶走。

救救她，昌浩——！

明知道他不在這裡，聽不見她的叫喚。

她還是忍不住在心中呼喊。

兩人相隔如此遙遠，她只能在心裡暗自呼喊。

然而，昌浩卻……

——我會……保護妳。

那天隔著竹簾，昌浩許下了承諾。

——我會永遠保護妳。

昌浩卻信守那個約定，保護了彰子心愛的人。

彰子這時候才知道。

即使相隔兩地，他的心還是在這裡。而且存在得如此清晰明確。

◇　◇　◇

陰曆一月下旬。

在神祓眾菅生鄉的首領府邸居住作客的昌浩，接到通知說，京城派使者來到了郡司。

聽到這個消息，昌浩歪著頭疑惑地說：

「是使者？不是追兵？」

「怎麼回事？」

坐在肩上的小怪，也跟昌浩一樣大大歪著頭。

「總之……」螢從床上爬起來，苦笑著對疑惑的兩人說：「先去看看吧？有我爺爺在，他們應該不敢隨便動武。與其在這裡猜測，還不如去探個究竟。」

昌浩覺得螢這番話頗有道理，站起來說：

「我等一下再過來。」

「慢走哦。」

揮手道別的螢，是五天前才醒過來的。

從滿月那天起，直到醒來這天，她都在作夢。

把她從夢裡拉回來的人是夕霧。

「感覺怎麼樣？螢。」

夕霧走進來，在床邊蹲下來。

螢苦笑著聳聳肩說：

「每個人進來都問同樣的話。我沒事了，所以爬起來啦，你們都很愛操心。」

夕霧沒說話，既不承認也不否認。看樣子，是有自己很愛操心的自覺。

冰知供出了所有真相，洗清了夕霧的嫌疑。

秘密村落的居民，到了菅生鄉後，發現冰知說的話疑點重重，於是在首領的命令下，派了探子去村落。

探子看到逆賊夕霧在村裡，立刻拔劍相對，被冰知制止了。

然後，他們一起把瀕死的螢和昌浩等人帶回菅生鄉。

回到鄉裡，冰知把所有事都告訴了首領，沒有替自己做任何辯解，靜候首領制裁。

首領把這件事交給下任首領螢做裁決。

醒過來的螢，原諒了冰知，但有附帶條件。她不要再看到任何人死亡了。

「大嫂怎麼樣了？」

螢向夕霧詢問的人，是曾經支撐時守心靈的女性。

事實上，只有首領知道她的存在。時守原本打算從京城回來，就把她介紹給家人，舉行婚禮。

她肚子裡懷的孩子，是時守的遺腹子。

「她在床上躺了一陣子，現在慢慢可以進食了。」

聽到夕霧這麼說，螢開心地笑了。

「太好了……那孩子才是下任首領。」

夕霧面不改色。螢好奇地問：

「你不驚訝嗎？」

「我早猜到妳會這麼說。」

「是嗎？」

螢點點頭，呼地吐出一口氣。

「……剛才我跟昌浩說過了……」

在菅生鄉入口處附近的要塞公館，昌浩見到了意想不到的人。

「行成大人、敏次大人?!」

昌浩只認識他們兩人，還有十幾個他不認識的人排排站著。
不對，應該見過。因為沒有武裝，所以沒認出來，他們都是追兵。
昌浩渾身不自在地坐下來。
行成小心翼翼拿出包在油紙裡的信。
「昌浩大人，你的罪嫌洗清了。」
昌浩、坐在昌浩肩上的小怪、站在旁邊的勾陣，異口同聲大叫：
「嗄？」
行成把手上的信遞給昌浩。
「這是你父親……吉昌大人寫的信。」
「咦，父親寫的？」
上面寫的字，的確是父親令人懷念的筆跡。昌浩接過父親寫的信，急匆匆地把信攤開。
信上詳細寫著，昌浩不在期間的京城發生了什麼事。
滿月的隔天，很久沒進宮的藤原公任，要求進宮謁見皇上。
皇上聽說公任復元了，龍心大悅，立刻召他來清涼殿。

不知道為什麼，藤原道長與藤原行成也跟他一起來了。在主殿召見他們的皇上，顯然提高了警覺。

公任深深叩頭跪拜，誠惶誠恐地說：

「皇上龍體安康，可喜可賀……」

皇上搖響扇子。

「公任，我知道你很久沒進宮了，但也不必這麼拘禮請安。你的身體怎麼樣？我已經叫丹波盡全力醫治你了……」

「是……蒙皇上隆恩，臣公任今天才能進宮謁見皇上。」

「這樣對你身體不好，快抬起頭來。」

「是……」

公任抬起頭，做個深呼吸，不慌不忙地改變了話題。

「臣惶恐，皇上，臣想談談關於安倍昌浩大人的事。」

話才說完，皇上便沉下臉，瞥了道長一眼。

前幾天，有快馬從賀茂出發送信來。皇上寫信給恭子公主，請她盡快把脩子從伊勢送回京城，沒想到快馬送來了出乎意料的回函。

信上說脩子意外知道定子去世的事，傷心過度，臥病在床，一直沒醒來。

這封信昨天剛收到，皇上就像被冰刃刺穿般，痛徹心扉。

上天是不是透過他所愛的人，而不是他本身，讓他明白上天的意思呢？要揣測正確的天意，必須在某寺院請神降臨。他一直沒辦法決定，要在哪裡做這件事。正想下令由脩子所在的伊勢的齋王負責，就接到了這樣的通報。

皇上的心跳速度快得異常。

「安倍直丁怎麼了？」

公任對強裝鎮定的皇上娓娓道來。

說明那場兇殺案，究竟發生了什麼事。

「那時候，每天、每天晚上，都有怨靈般的東西在我身旁出現。」

在場所有人都聽得很認真，其中又以行成聽得最專注。

「可是我不可能知道那個怨靈想跟我說什麼……只覺得愈來愈害怕。」

他希望晴明可以幫他解決這件事。

可是晴明去了伊勢，不在京城。公任思索著該怎麼辦時，想到了晴明的小孫子昌浩。

說不定昌浩可以幫他把這件事轉達給晴明。

他這麼想，叫住了昌浩。因為不想讓其他人聽見，就進了書庫。

「我一直忘了這件事。可能是太害怕，所以黑霧般的東西在我心中擴散彌漫。恐懼、不想看見的想法，把我的心遮蔽了。」

公任閉上眼睛，羞愧地垂下頭。過了一會，又抬起頭，接著說下去。

「書庫裡只有我跟昌浩，沒有其他人。可是，有人類之外的怪物！」

在場所有人一陣騷然。公任低下頭，顫抖著肩膀。

「就是每天晚上出現的那個靈……那絕對是怪物。那個怪物可能是附在昌浩身上，當我回過神來時，已經躺在地上了。」

公任重重嘆口氣，雙手伏地跪拜。

「是怪物刺傷了我，皇上，昌浩大人絕對沒有犯什麼錯，請盡快讓昌浩大人回來京城。」

深深叩頭的公任，全身顫抖。

昌浩是陰陽師，而且是安倍家族的一分子。公任非常清楚，與陰陽師結仇會落得什麼下場。

聽得茫茫然的皇上，赫然回過神來，揮響扇子說：

「可、可是，不能洗清他詛咒皇后的罪名！即便他沒有犯下殺害公任的罪行，詛咒皇后還是罪不可赦！」

「恕臣斗膽，皇上。」

這時候，藤原道長介入了他們的對話。

皇上有些畏怯，但還是叫道長把話說完。

道長拿出身上的信說：

「請過目。」

皇上看完交由侍從呈上來的信，瞠目結舌，開始哆嗦發抖。

「這……這是真的？」

道長叩頭行禮。

皇上不由得捏住手中的信，無力地垂下頭，掩住臉。

默默垂著頭好一會後，皇上才用陰沉的聲音說：

「不可以處決安倍昌浩。」

行成的眼睛亮了起來。

皇上又接著說：

「命令追兵繼續搜尋他的下落，盡快把他找出來。」

說完這句話，皇上就起身離開了。

他直接去了藤壺。

接到通報，匆匆忙忙梳妝打扮的中宮，在屏風後面迎接皇上。

隔著屏風坐下來的皇上，結結巴巴地說：

「……安倍直丁沒有下詛咒……」

中宮在屏風後面倒抽了一口氣。

皇上命令侍女，把被他捏得皺巴巴的信交給中宮。

小心把信攤開的中宮，看完信中內容，差點叫出聲來。

這封信不是寫給皇上，而是寫給左大臣道長。

信中敘述了吉昌自行占卜的結果。是有詛咒，有折磨皇后的詛咒。但詛咒不是針對皇后，而是肚子裡的孩子。

依吉昌判斷，術士不是人，而是古老神治時代的怨懟。

除此之外，還敘述了占卜的危險。

做占卜時，假如術士強烈希望出現怎麼樣的結果，就會出現那樣的結果。委託占卜的人，假如希望會占出某種結果，不是那種結果就無法接受，這種想法愈強烈，就愈有可能出現反映想法的卦象。

皇上命令陰陽師做的占卜，很可能是強烈反映了那樣的思想。而占卜的術士，可能把那樣的結果當真了。

吉昌說很遺憾，自己的不肖兒子，還沒有下詛咒的實力。也看不出兒子有任何理由要殺害藤原公任大人。

不論如何，身為父親，他絕對相信自己的兒子。他願意奉還地位與俸祿，再奉上自己的生命，只求保住兒子的性命。

這是寫給左大臣的信。左大臣斗膽把這封信拿給了皇上看。不用逼問他怎麼回事，皇上看也知道。

天意在哪裡？天意——不在皇上這邊。

吉昌還說，是一心想救皇后的人們，心被黑霧蒙蔽，扭曲了占卜的結果。

應該是吧。為了想救定子，皇上自己也差點把肚子裡的孩子獻出去了。

神絕不允許這種事。

現在他才明白，那天的雷電是在告誡他。

皇上沮喪地垂著頭，請求中宮原諒。

「我錯了……原諒我。」

隔著屏風聽皇上說話的章子，看著信流下淚來。

淚水滴在信上，她趕緊擦拭臉龐。

皇上使個眼色，侍女們就默默抬走了屏風。

抬走屏風的侍女們，也很識趣地離開了。皇上悄然抬起了頭。
他看到比以前憔悴許多、楚楚可憐的身影，心想她以前就這麼瘦弱嗎？
讓她變成這樣的人，就是皇上自己。
皇上握起她的手，又低下頭說：
「對不起……原諒我，彰子。」
被稱為彰子的中宮，含著眼淚微微笑著。
闔上眼睛，淚水就啪答啪答掉下來了。中宮輕輕地點點頭。

◇　◇　◇

「通告全國的國司、郡司改為搜索後，沒多久就接到播磨國司的消息了。」
於是，行成和敏次拜託士兵讓他們同行。
事情的變化快得叫人頭昏眼花，昌浩反應不過來，整個人呆住。
小怪和勾陣也跟他差不多。事情在不知不覺中順利解決了，他們卻有種奇怪的感覺，沒辦法很乾脆地說太好了、太好了。
不過，既然無罪赦免了，當然沒必要顛覆這樣的結果。

行成嚴肅地說：

「出發前，我去拜訪過安倍家，見到了你的家人。」

昌浩眨了眨眼睛。

「啊，我哥哥……成親大哥怎麼樣了？」

他也擔心伯父，在他把詛咒反彈回去後，不知道他們怎麼樣了。他一直很在意，原本想等事情稍稍微平靜後，再請小怪或勾陣去看看。

行成展開笑容說：

「他看起來還有點疲憊，可是已經完全康復了。我告訴他殺害公任的兇手是怪物，他的表情有點複雜，回了我一些話。」

——的確有怪物跟在那小子身旁，那隻怪物可厲害了。

「連成親都說那隻怪物厲害，可見是相當厲害的怪物，對吧？敏次。」

行成扭頭望向旁邊的敏次。他也嚴肅地點著頭說：

「是的，能依附在昌浩大人身上，殺害公任大人，絕對不是一般怪物，實在太可怕了。」

昌浩注視著臉色發青頻頻點頭的敏次。

「太好了，昌浩大人，你被怪物附身，卻沒有精神異常或壽命縮短的後遺症，真的太好了。」

敏次是打從心底為他高興。

昌浩愣愣地點著頭說：

「是、是啊……」

他瞄了肩上一眼。

成親說的那隻很厲害的怪物，半瞇著眼睛，板起了臉。

行成端正坐姿說：

「皇上不只赦免了昌浩大人，也撤回了對安倍家的所有處置。更令人惶恐的是，皇上請求昌浩大人的原諒。」

昌浩驚愕得差點不能呼吸。

很可能連昌浩是哪根蔥都不知道的高高在上的當今皇上，請求身分卑微、官職又低的陰陽寮直丁這種小人物的原諒。

昌浩呆了好一會，猛然回過神來，急忙行禮說：

「這……這怎麼敢當……」

既是天照大御神的後裔，又是國家最高地位的人，竟然請求昌浩的原諒。

從那天跟在螢後面衝出京城的傍晚到現在，經過漫長的時間，環繞著他的狀況大大

轉變了。

他微微抬起頭，看到周圍的人都在笑。

那時候面目猙獰地圍捕昌浩的人們，也都一臉祥和。

他真的鬆了一口氣，高興得快哭出來了。

行成瞄了敏次一眼。敏次張大眼睛猛搖頭，行成笑著做出催促他的樣子。

敏次端正姿勢，哼哼地清清喉嚨，調整嗓音說：

「其實，還有一個好消息。」

「什麼？」

「皇上特別恩賜，命你回京城後，立刻以陰陽生的身分進宮謁見。」

不只昌浩，連小怪、勾陣都驚訝得目瞪口呆。

傍晚下起了雪。

行成等人決定在要塞住一晚，等雪停再回京城。

據菅生鄉的探子說，黎明時應該會停。不過，只能維持到明天傍晚，之後可能又會颳起幾天的暴風雪。

昌浩回到首領家，把事情一五一十告訴螢。

螢像自己的事般，非常開心。

「太好了，恭喜你，昌浩。」

跟螢結婚的事，螢也依照約定，說服了首領和所有長老。

長老們非常失望，還有人因此臥病不起。

昌浩聽說後，非常自責，可是不能退讓的事，怎麼樣都不能退讓。

兩人聊到這裡，昌浩忽然靜默下來，思索著什麼。

過了好一會，他才呼地吐口氣，對螢說：

「我想拜託妳一件事。」

早晨，果然如探子所說，雪在黎明時停了。朝陽照耀著堆積的雪，一整片的銀色世界閃閃發亮。

從菅生鄉出發的一行人，怕被雪絆住，小心翼翼地走在銀色世界裡。所有人都不習慣在雪中騎馬，全副精神都放在馬轡的操控上，氣氛安靜得可怕。

周遭堆積的白雪，光看很漂亮，實際上是很麻煩的東西。

行成和敏次拉住馬，回頭看要塞。

決定留在菅生鄉的昌浩，在那裡目送他們。

昨天晚上，昌浩很晚時來要塞找他們，行成看到他，就知道他要說什麼。

果然不出所料，他說他不回京城。

敏次啞然失言，一直逼問他為什麼。

好不容易洗刷了罪名，皇上也請求他的原諒，他卻說不回去，為什麼？

昌浩平靜地作了說明。

他說經過這幾個月，他發覺自己有多麼不成熟。就這樣回去，還是一樣不成熟。所以他想在沒有任何家人的播磨鄉，重新鍛鍊自己。他不是不回去。等哪天，覺得自己比現在強一些、進步一些，他就會抬頭挺胸地回到京城，回到家人的懷抱。等哪天，可以為皇上效力時，他一定會回去。

敏次不能接受他這樣的想法，行成卻對他說：

「我會幫你轉告皇上。」

昌浩對行成他們用力揮著手。行成和敏次揮手回應後，掉轉馬頭離去。

與行成並肩騎著馬的敏次，喃喃地說：

「昌浩大人成長了呢……」

不只身高，好像在做人方面，也成長了一倍、兩倍。

敏次露出嚴肅的表情，仰頭望著藍天說：

「我也不能輸給他。」

既然昌浩留在播磨修行，他就在京城修行。

等昌浩回來時，他也是陰陽生了。第一名的寶座，他絕不會讓給昌浩。

聽完年輕人的決心，行成瞇起眼睛，點點頭。

發生過很多不堪的事、很多難過的事、很多痛苦的事。

不知道有多少次懊惱地握緊了拳頭，氣得全身發抖。

然而，還是熬過來了，現在心中寧靜無波，就像藍天下這片無垠的白雪。

行成拉起了馬轡。

他要趕著回去。在京城，有很多人等著昌浩回去。

他要告訴他們，昌浩會晚點回去。還要告訴他們，原來是個孩子的昌浩，已經成長了許多、許多。

目送行成一行人離開的昌浩，呼地嘆了口氣。

勾陣在他旁邊現身。坐在勾陣肩上的小怪，看到他嘆氣，甩甩尾巴說：

「怎麼了、怎麼了，開始想家了嗎？」

昌浩半瞇起眼睛，對瞅著他看的小怪說：

「才不是呢。」

昨天晚上，他拜託螢讓他留下來，他說他想留下來修行。

螢聽完他的心願，答應了他的要求。

她的肌膚比昌浩剛見到她時還要蒼白，躺在床上時，身體看起來更是單薄得令人驚悸。

昌浩察覺她狀況不好，整張臉緊繃起來，她卻露出了清澈晶瑩的淡淡笑容。

——我恐怕活不長了。

她的身體被蟲子侵噬了大半，消耗了太多體力。死裡逃生後，她的力量有了飛躍性的成長，生命卻逐漸縮短。

儘管如此，她還是笑說她已經很滿足了。

——哥哥的孩子明年夏天就出生了。大嫂、我和夕霧，會把這個孩子當成下任首領撫養長大。

看起來虛無縹緲的她，笑著說這是她由衷的期盼。

飄落的雪，總有一天會融化消失。

她的生命恰似她的名字，如螢光般微弱、如雪般虛幻。

然而，有確定目標的她，或許認為自己比誰都幸福吧。

昌浩想變得跟她一樣堅強；希望可以變得那麼堅強。

即使不在身旁，也能相信對方。無所求，只要對方幸福就好。

但願將來可以把守護對方的幸福，由衷當成自己的幸福。

「不知道什麼時候才能回去呢。」

「就是啊。」

小怪和勾陣相互點著頭，昌浩仰頭看著他們說：

「沒關係，小怪、勾陣，你們可以先回去。」

出乎意料的兩人張口結舌，直盯著昌浩。

昌浩遙望遼闊的雪地，覺得刺眼，瞇起了眼睛。

「夕霧說會徹底鍛鍊我。聽說，他才是菅生鄉裡最厲害的高手，所以冰知才想把他趕出去。」

這件事神將們倒是沒聽說過。

兩人都發出讚嘆聲，顯得很驚訝。

螢命令冰知，一輩子保護時守的孩子。她說這是沒有好好保護時守的現影，一輩子該贖的罪。

昌浩覺得那根本不叫懲罰。或許，這就是螢的堅強吧。

注視著昌浩的小怪，夕陽色眼眸百感交集。
回想不久前他還是個小屁孩呢。
「嗯，加油吧，晴明的孫子。」
昌浩瞬間拉下臉說：
「不要叫我孫子，你這個怪物。」
被反嗆的小怪，抿嘴一笑，甩甩耳朵。
勾陣看著他們之間的應對，微微笑著。
氣嘟嘟的昌浩，也很快就笑了。
眼前是一望無際的雪原。
恰如這片無聲無息飄落堆積的白雪。
某種情感也在胸口無聲無息地飄落堆積。

◊ ◊ ◊

面色凝重的安倍晴明，鎮定地說：
「真的要這麼做嗎？」

彰子閉上眼睛，點點頭。

「是的。」

她的雙手合握在膝上，左手腕戴著用找來的繩子重新串起來的手環。

「回京城後……」她張開眼睛，直直看著晴明，淡淡地說：「我不會回安倍家。」

沒關係。即使相隔兩地，心還是在這裡，情感還是在這裡。

她相信，無論離多遠都是這樣。

宛如幽微虛幻的火光，
滯留在胸口。

——螢火蟲。

後記

好久不見了，大家好。近來過得如何呢？我是結城光流。

獻上少年陰陽師竹籠眼篇最後一集。

首先來看例行排行榜。

第一名是十二神將騰蛇，最強、最兇悍的鬥將紅蓮。

第二名是身、心都完美成長的主角安倍昌浩。

第三名是道反大神的愛女風音。

接下來是怪物小怪、玄武、六合、彰子、脩子、年輕晴明、成親、颯峰、勾陣、青龍、敏次、章子、太陰、朱雀、在《心願之證》裡向神祈禱的小妖。

這次真的是大翻盤，沒想到怪物小怪會有被擠出三名外的一天。而且，摧毀巍然不動的前三名銅牆鐵壁的人，居然是風音。

在算票數時，我大叫一聲「喔?!」不禁懷疑自己的眼睛。算了好幾次，不會有錯。得票數居然勝過六合，嗚嗚，風音，妳真了不起……！

她的人氣向來很高，可是在排行榜得到這麼多票數，還是第一次。敏次的人氣投票

也出現過第四名的紀錄，總之，竹籠眼篇直到最後都為我帶來了驚喜。

下次怪物小怪能不能再回到三名內呢？還是會被緊追在後的玄武、六合迎頭趕上呢？值得注目。

你的一票將改變名次。要參加投票的人，請在信上最容易看見的地方，寫上「我投〇〇一票」。

二月的刊物是在年底年初開始作業。

光流：「今年的年底年初，只有稿子要校對吧？」

K藤：「是的，只有那樣。妳好好休息，迎接明年吧。」

光：「好耶——」

幾天後。

K：「呃，結城，是這樣的，年底年初多了X X和△△……」

光：「妳說過沒有……」

K：「啊！」

光：「妳說過沒有的，妳騙我！」

K：「對、對不起……請原諒、請原諒……！」

就先不談這段對話了。

託大家的福，少年陰陽師滿十週年了。可以持續到現在，都要感謝各位讀者的支持，謝謝大家。

窮奇篇、風音篇、天狐篇、珂神篇、颯峰篇以及竹籠眼篇，七個篇章都順利結束了。當然，少年陰陽師這個故事還沒有結束，還在我腦中描繪的道路上穩健地前進著。

有不少人等不及想知道，昌浩什麼時候會長大、什麼時候會升官，不知道現在是不是稍微安心了？

從這個篇章的最後一集，到下個篇章的第一集，預計會隔很長一段時間。

以前，我與少年陰陽師第一位責任編輯N崎小姐討論過，究竟「少年」是到幾歲為止？N崎小姐毫不遲疑地說：

「少年是到十九歲為止。」

以法律來說，的確是這樣……對了，那是與篁破幻草子相關的討論，不過，用在少年陰陽師上應該也是同樣的答案。現在，那句話成了最好的靠山（笑）。

謝謝大家經常寫信來告訴我感想。直接接觸到這麼多傳達給我的心聲，也是這十年

來，我可以持續寫到現在的動力。有快樂、有喜悅、有歡樂、有感動，有時也有哀傷、難過的悲痛傾訴。有些人會寫私密的事，說看完後自己有了怎麼樣的改變，或是這個故事拯救了自己等等。有些人會說希望自己是這樣、希望自己變成那樣，每位讀者的反應都不盡相同。但是，從大家的來信，我可以知道，這個故事帶來了我想都沒想過的許多結果，遠超過我的想像。

這麼多注入種種言靈的來信，以及偶爾舉辦簽名會時見到面的讀者們的熱情，是我的最大支柱。

我沒辦法逐一回信，但全都看過了，謝謝大家。

Beans文庫接下來的新書，是《怪物血族》的續集。另外，角川文庫的《少年陰陽師 黃泉之風》預定在二月二十五日出版。《大陰陽師・安倍晴明——我將顛覆天命》正在數位野性時代連載中（目前二〇一二年二月一日）。其他還有很多想寫的故事，無奈我只有一個身體，沒辦法想寫什麼就寫什麼，真的很不甘心。

為了寫得長長久久，我想我還是不要太過度，只要比以前更認真地逐一完成每個作品就好了。

大家覺得竹籠眼篇的最後一集如何呢？請寫信告訴我感想。

希望能在大家來信的鼓勵下，寫出故事人物都得到幸福的未來。

那麼，我們下一本書見了。

結城光流

國家圖書館出版品預行編目資料

少年陰陽師.叄拾陸,朝雪之約／結城光流著；涂愫芸譯.-- 初版. -- 臺北市：皇冠, 2014.3
面；公分.--(皇冠叢書; 第4380種)(少年陰陽師; 36)
譯自：少年陰陽師36：朝の雪と降りつもれ
ISBN 978-957-33-3063-9(平裝)

861.57　　103002692

皇冠叢書第4380種
少年陰陽師 36

少年陰陽師——
朝雪之約

少年陰陽師36
朝の雪と降りつもれ

Shounen Onmyouji ㊱ Ashita no Yuki to Furitsumore
© Mitsuru Yuki 2012
Edited by KADOKAWA SHOTEN
First Published in JAPAN in 2012 by KADOKAWA CORPORATION, Tokyo.
Chinese translation rights arranged with KADOKAWA CORPORATION, Tokyo.
through TOHAN CORPORATION, Tokyo.
Complex Chinese Characters© 2014 by Crown Publishing Company Ltd., a division of Crown Culture Corporation.
All Rights Reserved.

作　者—結城光流
譯　者—涂愫芸
發 行 人—平雲
出版發行—皇冠文化出版有限公司
台北市敦化北路120巷50號
電話◎02-27168888
郵撥帳號◎15261516號
皇冠出版社(香港)有限公司
香港上環文咸東街50號寶恒商業中心
23樓2301-3室
電話◎2529-1778　傳真◎2527-0904
責任主編—盧春旭
責任編輯—蔡維鋼
美術設計—王瓊瑤
著作完成日期—2012年
初版一刷日期—2014年3月

法律顧問—王惠光律師
有著作權・翻印必究
如有破損或裝訂錯誤，請寄回本社更換
讀者服務傳真專線◎02-27150507
電腦編號◎501036
ISBN◎978-957-33-3063-9
Printed in Taiwan
本書特價◎新台幣199元/港幣67元

• 皇冠讀樂網：www.crown.com.tw
• 小王子的編輯夢：crownbook.pixnet.net/blog
• 皇冠Facebook：www.facebook.com/crownbook
• 皇冠Plurk：www.plurk.com/crownbook
• 陰陽寮中文官網：www.crown.com.tw/shounenonmyouji

皇冠60週年回饋讀者大抽獎！
600,000現金等你來拿！

參加辦法 即日起凡購買皇冠文化出版有限公司、平安文化有限公司、平裝本出版有限公司2014年一整年內所出版之新書，集滿書內後扉頁所附活動印花5枚，貼在活動專用回函上寄回本公司，即可參加最高獎金新台幣60萬元的回饋大抽獎，並可免費兌換精美贈品！

●有部分新書恕未配合，請以各書書封（書腰）上的標示以及書內後扉頁是否附有活動說明和活動印花為準。
●活動注意事項請參見本扉頁最後一頁。

活動期間 寄送回函有效期自即日起至2015年1月31日截止（以郵戳為憑）。

得獎公佈 本公司將於2015年2月10日於皇冠書坊舉行公開儀式抽出幸運讀者，得獎名單則將於2015年2月17日前公佈在「皇冠讀樂網」上，並另以電話或e-mail通知得獎人。

抽獎獎項

60週年紀念大獎1名：獨得現金新台幣60萬元整。

●獎金將開立即期支票支付。得獎者須依法扣繳10%機會中獎所得稅。●得獎者須本人親自至本公司領獎，並於領獎時提供相關購書發票證明（發票上須註明購買書名）。

讀家紀念獎5名：每名各得《哈利波特》傳家紀念版一套，價值3,888元。

經典紀念獎10名：每名各得《張愛玲典藏全集》精裝版一套，價值4,699元。

行旅紀念獎20名：每名各得 deseño New Legend尊爵傳奇28吋行李箱一個，價值5,280元。

●獎品以實物為準，顏色隨機出貨，恕不提供挑色。
●deseño 尊爵系列，採用質感金屬紋理，並搭配多功能收納內襯，品味及性能兼具。

時尚紀念獎30名：每名各得 deseño Macaron糖心誘惑20吋行李箱一個，價值3,380元。

●獎品以實物為準，顏色隨機出貨，恕不提供挑色。
●deseño 跳脫傳統包袱，將行李箱注入活潑色調與簡約大方的元素，讓旅行的快樂不再那麼單純！

詳細活動辦法請參見
www.crown.com.tw/60th

主辦：皇冠文化出版有限公司
協辦：平安文化有限公司
平裝本出版有限公司

慶祝皇冠60週年，集滿5枚活動印花，即可免費兌換精美贈品！

參加辦法 即日起凡購買皇冠文化出版有限公司、平安文化有限公司、平裝本出版有限公司2014年一整年內所出版之新書，集滿**本頁右下角**活動印花5枚，貼在活動專用回函上寄回本公司，即可免費兌換精美贈品，還可參加最高獎金新台幣60萬元的回饋大抽獎！

●贈品剩餘數量請參考本活動官網（每週一固定更新）。●有部分新書恕未配合，請以各書書封（書腰）上的標示以及書內後扉頁是否附有活動說明和活動印花為準。●活動注意事項請參見本扉頁最後一頁。

活動期間 寄送回函有效期自即日起至2015年1月31日截止（以郵戳為憑）。

贈品寄送 2014年2月28日以前寄回回函的讀者，本公司將於3月1日起陸續寄出兌換的贈品；3月1日以後寄回回函的讀者，本公司則將於收到回函後14個工作天內寄出兌換的贈品。

●所有贈品數量有限，送完為止，請讀者務必填寫兌換優先順序，如遇贈品兌換完畢，本公司將依優先順序予以遞換。●如贈品兌換完畢，本公司有權更換其他贈品或停止兌換活動（請以本活動官網上的公告為準），但讀者寄回回函仍可參加抽獎活動。

兌換贈品

●圖為合成示意圖，贈品以實物為準。

A 名家金句紙膠帶

包含張愛玲「我們回不去了」、張小嫻「世上最遙遠的距離」、瓊瑤「我是一片雲」，作家親筆筆跡，三捲一組，每捲寬1.8cm、長10米，採用不殘膠環保材質，限量1000組。

B 名家手稿資料夾

包含張愛玲、三毛、瓊瑤、侯文詠、張曼娟、小野等名家手稿，六個一組，單層A4尺寸，環保PP材質，限量**800**組。

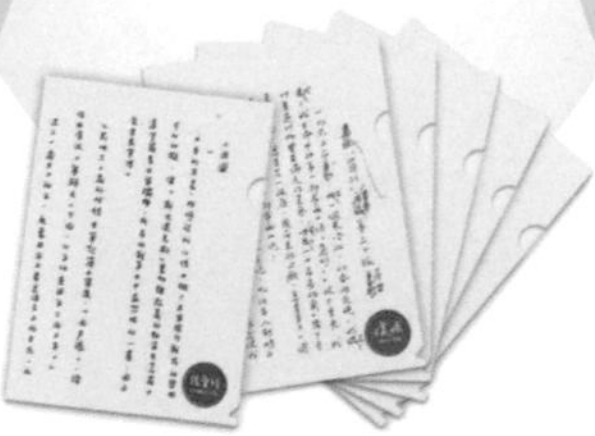

C 張愛玲繪圖手提書袋

H35cm×W25cm，棉布材質，限量**500**個。

詳細活動辦法請參見
ww.crown.com.tw/60th

主辦：皇冠文化出版有限公司
協辦：平安文化有限公司 平裝本出版有限公司

60 印花

皇冠60週年集點暨抽獎活動專用回函

請將5枚印花剪下後，依序貼在下方的空格內，並填寫您的兌換優先順序，即可免費兌換贈品和參加最高獎金新台幣60萬元的回饋大抽獎。如遇贈品兌換完畢，我們將會依照您的優先順序遞換贈品。

●贈品剩餘數量請參考本活動官網（每週一固定更新）。所有贈品數量有限，送完為止。如贈品兌換完畢，本公司有權更換其他贈品或停止兌換活動（請以本活動官網上的公告為準），但讀者寄回回函仍可參加抽獎活動。

1. ____________ 2. ____________ 3. ____________

●請依您的兌換優先順序填寫所欲兌換贈品的英文字母代號。

1 2 3 4 5

□（**必須打勾始生效**）本人____________（**請簽名，必須簽名始生效**）同意皇冠60週年集點暨抽獎活動辦法和注意事項之各項規定，本人並同意皇冠文化集團得使用以下本人之個人資料建立該公司之讀者資料庫，以便寄送新書和活動相關資訊。

我的基本資料

姓名：____________

出生：______年______月______日　性別：□男　□女

身分證字號：____________（僅限抽獎核對身分使用）

職業：□學生　□軍公教　□工　□商　□服務業

□家管　□自由業　□其他

地址：□□□□□ ____________

____

電話：（家）____________　（公司）____________

手機：____________

e-mail：____________

□我不願意收到皇冠文化集團的新書、活動edm或電子報。

●您所填寫之個人資料，依個人資料保護法之規定，本公司將對您的個人資料予以保密，並採取必要之安全措施以免資料外洩。本公司將使用您的個人資料建立讀者資料庫，做為寄送新書或活動相關資訊，以及與讀者連繫之用。您對於您的個人資料可隨時查詢、補充、更正，並得要求將您的個人資料刪除或停止使用。

皇冠60週年集點暨抽獎活動注意事項

1. 本活動僅限居住在台灣地區的讀者參加。皇冠文化集團和協力廠商、經銷商之所有員工及其親屬均不得參加本活動，否則如經查證屬實，即取消得獎資格，並應無條件繳回所有獎金和獎品。
2. 每位讀者兌換贈品的數量不限，但抽獎活動每位讀者以得一個獎項為限（以價值最高的獎品為準）。
3. 所有兌換贈品、抽獎獎品均不得要求更換、折兌現金或轉讓得獎資格。所有兌換贈品、抽獎獎品之規格、外觀均以實物為準，本公司保留更換其他贈品或獎品之權利。
4. 兌換贈品和參加抽獎的讀者請務必填寫真實姓名和正確聯絡資料，如填寫不實或資料不正確導致郵寄退件，即視同自動放棄兌換贈品，不再予以補寄；如本公司於得獎名單公佈後10日內無法聯絡上得獎者，即視同自動放棄得獎資格，本公司並得另行抽出得獎者遞補。
5. 60週年紀念大獎（獎金新台幣60萬元）之得獎者，須依法扣繳10%機會中獎所得稅。得獎者須本人親自至本公司領獎，並提供個人身分證明文件和相關購書發票（發票上須註明購買書名），經驗證無誤後方可領取獎金。無購書發票或發票上未註明購買書名者即視同自動放棄得獎資格，不得異議。
6. 抽獎活動之Deseno行李箱將由Deseno公司負責出貨，本公司無須另行徵求得獎者同意，即可將得獎者個人資料提供給Deseno公司寄送獎品。Deseno公司將於得獎名單公布後30個工作天內將獎品寄送至得獎者回函上所填寫之地址。
7. 讀者郵寄專用回函參加本活動須自行負擔郵資，如回函於郵寄過程中毀損或遺失，即喪失兌換贈品和參加抽獎的資格，本公司不會給予任何補償。
8. 兌換贈品均為限量之非賣品，受著作權法保護，嚴禁轉售。
9. 參加本活動之回函如所貼印花不足或填寫資料不全，即視同自動放棄兌換贈品和參加抽獎資格，本公司不會主動通知或退件。
10. 主辦單位保留修改本活動內容和辦法的權力。

寄件人：

地址：□□□□□

請貼郵票

10547 台北市敦化北路120巷50號

皇冠文化出版有限公司　收